Knaur

Von Roland Kübler sind im Knaur Taschenbuch Verlag bereits erschienen:

Die Mondsteinmärchen
Der Märchenring

Über den Autor:

Roland Kübler, Jahrgang 1953, lebt als freier Schriftsteller im Remstal bei Stuttgart. Seit seinen Bestsellern *Die Mondsteinmärchen* und *Traumfeuer* gilt er als der erfolgreichste moderne Märchenschreiber.

ROLAND KÜBLER

Lichtauge

Ein Märchen

Knaur

Roland Kübler dankt seinem Freund,
Mitsegler und Kollegen Claus-Peter Liekfeld
für mancherlei Anregung in dem Märchen
»Der Kreis des Lebens«.

Besuchen Sie uns im Internet:
www.knaur.de

Vollständige Taschenbuchausgabe 2001
Droemersche Verlagsanstalt Th. Knaur Nachf., München

Umschlaggestaltung: ZERO Werbeagentur, München
Innenillustrationen: Peter Tannrath
Satz: Ventura Publisher im Verlag
Druck und Bindung: Clausen & Bosse, Leck
Printed in Germany
ISBN 3-426-61670-X

2 4 5 3 1

Inhalt

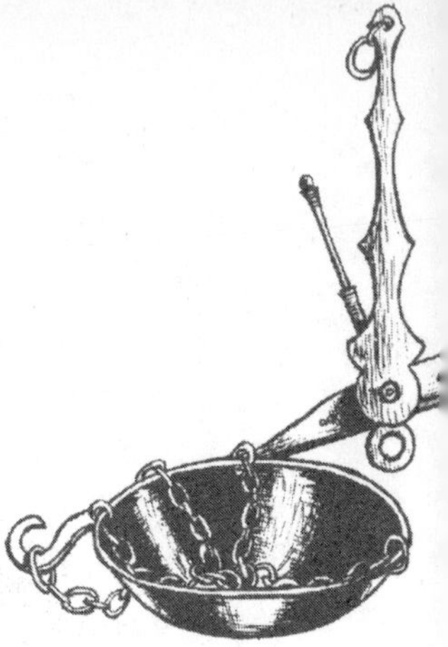

LOGBUCH DER URAMAR

Drei Nächte vor Neumond.
Das Chamäleon *steht dicht unterm nördlichen Horizont. Das Beständige ist der Wandel, ruft es den Menschen zu. Kein schlechter Stern für den Beginn einer Seereise, wenn da nicht auch die* Waage *wäre. Kraftlos und schief baumelt sie seit einigen Monden überm westlichen Horizont.*
Selbst Unkundige blickten nun gen Himmel mit sorgenvoll gefurchter Stirn.
Auch andere Sterne scheinen ihre Kraft zu verlieren, sie beginnen zu verblassen oder flackern unbeständig.
Etwas ist aus den Fugen geraten.
Der Himmel ist nicht mehr im Gleichgewicht und auch die Menschen leiden. Seit Jahren schon sind keine Kinder mehr geboren worden im ganzen Reich.
Im Buch der Wahren Namen, zu dessen Hüter ich berufen bin in diesem Jahr, glaube ich etwas entdeckt zu haben. Deshalb habe ich zur Zusammenkunft gerufen

auf der Insel zwischen den Nächten. Noch zwei Stunden bis Sonnenaufgang.
Die Bilge ist trocken und die Spanten der Uramar knorzen erwartungsvoll. Nur vereinzelt ziehen leichtflockige Wolken über den Himmel und der Wind bläst eher lustlos aus Nordwest. Der Wanderer, *Leitstern der Seefahrer, ist schon untergegangen, aber eine erste Ahnung der beginnenden Dämmerung zeigt mir, wo bald die Sonne erwachen wird.*
Dorthin führt mich mein Kurs.
Am Abend will ich Taragon erreicht haben.
Wie lange ist es her, dass ich Enea umarmte?

Als Oyano, der alte Märchenerzähler, die Uramar aus dem Hafen seiner Heimatstadt steuerte, war es noch dunkel. Gleich hinter den Klippen, auf denen das Hafenfeuer noch brannte, zog er die Segel weit auf.
Er fand einen gemächlichen Kurs, bei welchem er sich selbst am wenigsten mühen musste und wollte gerade beginnen, eine alte Melodie vor sich hin zu summen, als der bedrängende Schatten der Erinnerung seine Augen verdunkelte. Er sah zurück auf die schattenhaften Umrisse seiner Heimatstadt.

Kinder; seit Jahren gab es keine Kinder mehr und nun begannen selbst die Sterne zu verblassen.
Die Wissenschaftler wussten nichts mit ihrem Wissen anzufangen, die Gelehrten grübelten und suchten nach der rechten Lehre, die Ratgeber rieten, was wohl der Grund sein könnte, und die Sterndeuter und Handleser, die kleinen und großen Scharlatane, hatten über genügend Kundschaft mit niederdrückenden Sorgen und leicht gegebenem Kleingeld nicht zu klagen in den letzten Monden.
Die Segel blähten sich im beständig sanften Wind. Der Bug der Uramar schnitt mit leisem Singen durch die kaum merkliche Dünung. Im frühen Dunst war die aufgehende Sonne gefangen wie in einem fein gewobenen, vom Tau geküssten Spinnennetz. Keckernd lachten aufgeregte Möwen. Sie kündeten von der Rückkehr der Fischer und rissen Oyano aus seinen düsteren Überlegungen.
Die heimkehrenden Fischer winkten dem alten Märchenerzähler zu und viele gute Wünsche, aber auch derbe Scherzworte und ernste Grüße wurden gerufen, als sie aneinander vorbeisegelten. Die einen hinter die schützenden Mauern des Hafens, das andere hinaus aufs allumfassende Meer.
Vor sieben Tagen hatte Oyano die Tauben losgeschickt, um eine Zusammenkunft der Märchen-

gilde einzuberufen auf der Insel zwischen den Nächten. In der kommenden Neumondnacht sollte sie stattfinden. Oyano hatte das Buch der Wahren Namen gehütet und glaubte, einen Hinweis in diesem einzigartigen Buch gefunden zu haben, was denn der Grund für die Kinderlosigkeit sein könnte.

Vielleicht sogar für das Verblassen der Sterne.

Der alte Märchenerzähler hatte auf die Insel zwischen den Nächten gerufen, um darüber zu berichten und zu beraten.

Nun gibt es zwar überall in der Wirklichkeit Türen, welche den Kundigen zu dieser wahrlich märchenhaften Insel führen. Doch den alten Märchenerzähler zog es auf das Meer, hin zum Horizont und darüber hinaus, seit er sich ein Schiff gebaut hatte, Spant für Spant und Want für Want.

Einige Freunde unter den Fischern hatten ihm des Tags dabei geholfen, befreundete Schmuggler in der Nacht. Manches magische Holz war dabei an Heck und Bug, an Kiel und Mast eingefügt worden, mit Zeichen, die den Wind beschworen oder die Wellen besänftigten und auf andere Weise hilfreich waren. Der Rumpf war bemalt und die Segel glichen mächtigen Schwingen, sodass die Uramar wie ein Drachen über den Wellen zu schweben schien. Und das entsprach auch der Bedeutung ihres Namens, denn Uramar hatte der Erste aller Drachen geheißen.

Als ob der Drache, dessen Namen sie trug, endlich das Lied der Weite vernommen hätte, schäumte der Bug der Uramar durch die Wellen. Neugierig, fernen Gestaden und fremden Gewässern entgegen. Bis zum Abend wollte Oyano Taragon erreicht haben. Eine stolze Stadt auf Klippen erbaut, mit einem sicheren Hafen. Enea lebte dort seit langem, eine alte Freundin aus Tagen, als alle eisgrauen Haare Oyanos schwarz gewesen waren wie Rabenfedern. Als Kräuterfrau wirkte sie und als Hüterin der Träume. Auch sie war geladen zum Treffen.

Die Segelrollen knarrten und manchmal liefen wohlige Schauer vom Bug zum Heck des Schiffes, wenn sich die Segel blähten im achterlichen Wind. Der alte Märchenerzähler band das Ruder fest und sah hinaus auf das behäbig rollende Meer. Dann holte er sich aus dem Bauch seines Schiffes das alte Buch. Es war in schwerem Leder eingeschlagen und an den Kanten durch Messingbeschläge wohl geschützt. Zärtlich strich der alte Märchenerzähler über das Buch, bevor er es aufschlug. »Wage zu wissen«, murmelte er den alten magischen Spruch dazu. Er ließ Buchstaben und Zeichen, altes Wort und neuen Sinn in sich wirken.

Als die Sonne im Zenit stand, umkreiste ein Albatros den Mast, und die Uramar nickte eine Verbeugung als Gruß für den Heilsvogel der Seeleute in die aufgischtenden Wellen. Später tummelte sich eine Gruppe von Delphinen im Kielwasser und begleitete Oyano einige Spannen des Sonnenweges, bis das Licht weicher wurde, und sich die Farben auf den Wellen schon im verwirrenden Spiel des kommenden Abends übten.

Die leichte Dünung schob die Uramar in den Hafen von Taragon, der im flammenden Rot der Abendsonne ebenso aufleuchtete, wie die darüber auf den Felsen schwebende Stadt.

Als der Märchenerzähler sein Schiff zwischen zwei dickbauchigen Handelsschiffen sicher vertäut hatte, sah er sich erstaunt um. Die verrußten Schornsteine waren noch höher in den Himmel gewachsen, in den Schmieden brannten die Feuer noch heißer und die Gesänge in den Spelunken waren ungewohnt roh und wild. Die Werkstätten der Schiffszimmerleute und die Hallen der Segelmacher waren grellbunt bemalt, als ob eine Farbe die andere überschreien müsste. Doch es saßen keine Fischer am Hafen, um Netze auszubessern oder einen kleinen Schwatz zu halten.

Oyano ging die vielen in den Fels geschlagenen Stufen hinauf zur Stadt. Eine kalte Stille atmete zwischen den engen Gassen, den aneinander geschmiegten Häusern und ließ den Märchenerzähler frösteln. Auch der Marktplatz, sonst ein Ort geschäftigen Treibens, lauten Feilschens und Tratschens, lag leer und still. Die wenigen Gestal-

ten, die durch die Straßen huschten, wichen Oyanos Blicken aus und verschwanden rasch in Seitengassen oder Häusern, deren Türen sie mit komplizierten Vorrichtungen verriegelten.
Hatte sich die Stadt verändert, weil es keine Kinder mehr gab? Oder gab es keine Kinder mehr, weil sich das Leben in Taragon und im ganzen Reich verändert hatte?
Ein wenig außer Atem kam Oyano zu Eneas Haus. Erschrocken sah er, dass die schwere Türe zum Innenhof aufgebrochen in den Angeln hing. Zwischen die Pfosten war ein Brett genagelt. Darauf stand in kantigen Lettern:

BETRETEN VERBOTEN – DER KOMMANDANT!

Ohne zu zögern, bückte sich Oyano unter dem Brett hindurch. Im Innenhof lagen Möbel, die Figuren des Brunnens waren zerschlagen, Büsche und Blumen des Gartens ausgerissen oder umgeknickt. Fassungslos stand der alte Märchenerzähler und sah sich um. Dort hatte er mit Enea oft am Abend gegessen, lange in die Nacht hinein Wein getrunken, über die Sterne gesprochen und die Welt. Oder einfach nur geschwiegen. Einer auf der Suche nach dem Herzschlag des anderen. Die Augen Oyanos waren eisgrau geworden und an seinen Fäusten standen die Knöchel kalkweiß hervor als er am Brunnen vorbei ins Haus eilte. Auch hier sah er mutwillige Zerstörung, wohin er blickte. Er blieb stehen und versuchte die eigenartige Stille zu atmen. Er spürte die Ahnung großer Angst und ging ihr nach, durch das Zimmer mit dem Kamin hin zur Küche.

»Enea! Ich bin es, Oyano!«, rief er, obwohl er keine Hoffnung hatte, dass sie auf sein Rufen antworten würde. Doch dann rumpelte in der Vorratskammer etwas zu Boden und zerbrach.

»Enea?« Hoffnung funkelte in den Augen des Märchenerzählers, als er eine schmale Tür öffnete.

Aber Oyano fand nicht die Hüterin der Träume in der Kammer.

»Taina«, rief er erstaunt. »Was machst denn du hier?«

Er beugte sich hinunter und strich der zusammengekauerten Gestalt, die ihr Gesicht in den Händen verbarg, beruhigend über die schwarzen, zu einem kräftigen Zopf geflochtenen Haare. Zögernd und unsicher blinzelte die Köchin Eneas zwischen zwei Fingern hindurch. Dann richtete sie sich ächzend auf.

»Oyano«, seufzte sie erleichtert und verdrehte die Augen. »Du bist es bloß.« Ohnmächtig sank sie in die Arme des Märchenerzählers, der die schwergewichtige Taina, deren Fantasie, wenn es um die Freuden des Gaumens ging, grenzenlos war, kaum halten konnte.

LOGBUCH DER URAMAR

Noch ist es nicht Mitternacht.
Ablandige Brise.
Alle Segel aufgezogen.
Kurs Nord liegt an.
Der Wanderer *steigt noch ins Himmelsgewölbe auf. Nicht mehr lange, dann wird er seinen Gipfel erreicht haben und wieder absteigen. So wie jede Nacht bisher. Wird auch er verschwinden oder gar von seinem Weg abkommen?*
Das Leuchtfeuer von Taragon ist hinter der Kimm verschwunden.
Eneas Haus wurde durchsucht, und sie selbst ist ver-

schwunden. Nicht einmal Taina, ihre Köchin, kann sagen wohin. Soldaten des Königs haben nach Enea gesucht und nach einem alten Buch, an dessen Namen sich Taina nicht mehr erinnern kann.

Alles ging so schnell, sagte sie: »Erst kam dieser Junge, den Enea in ihre Obhut nahm und der kein Wort mit mir sprach, obwohl ich ihn bekochte wie einen König. Auch lachte er niemals in all der Zeit, als er zu Gast war bei uns. Dann befahl mir Enea eines Abends gut auf das Haus zu achten, sie werde einige Tage verreisen. Mit ihr verschwand auch der Junge. Noch vor Sonnenaufgang des nächsten Tages schlugen die Soldaten das Tor ein und weckten mich mit ihrem unflätigen Geschrei!«

Ich kann mir denken, welches Buch sie suchten und bin froh, es sicher hier bei mir zu haben. Aber was heißt schon sicher?

Wo ist Enea?

Und was hat es mit dem Jungen auf sich?

Warum gibt es immer zu viele Fragen und zu wenig Antworten?

Langsam schläft der Wind ein. Die Große Schlange *schält sich gerade aus einigen langsam dahinziehenden Wolkenfeldern. Ihre Augen funkeln voller Weisheit. Täusche ich mich, oder ist das linke Auge trüber geworden? Auch durch das Fernrohr kann ich es nicht eindeutig sagen. Mir scheint, als ob ein kleines Glimmen darin verschwunden wäre. Aber ich bin mir nicht sicher. Wer weiß, vielleicht schwindet die Kraft meiner*

Augen ein wenig. Wer weiß? Vielleicht suche ich mich auch nur selbst zu beschwichtigen.
Kein Leuchtfeuer ist mehr zu sehen. Das nächtliche Meer atmet still wie ein dunkles Laken. Pfeil und Bogen *stehen hoch am Himmel. Noch zwei Nächte bis Neumond, bis dahin muss ich …*

Im weichen Licht einer kleinen Öllampe saß der alte Märchenerzähler an Deck und schrieb in sein Logbuch, als aus dem Bauch der Uramar ein stöhnendes und würgendes Geräusch drang.
Gleich darauf polterte es laut. Ein Junge hastete empor, an Oyano vorbei und beugte sich weit über die Reling.
»Wer bist du und wie kommst du hierher?« Oyano war aufgesprungen und hatte den Jungen an der Schulter gepackt.
Der wandte sich unwillig um, starrte den alten Märchenerzähler mit trotzig zusammengekniffenen Augen an und presste die Lippen aufeinander.
Oyano lockerte den Griff ein wenig, und der

Junge wischte sich den Mund mit dem speckigen Ärmel seines Kittels ab. Schwarz gelockt standen seine ungewaschenen Haare nach allen Seiten ab.

»Sag mir deinen Namen«, forderte der Märchenerzähler nochmals ein wenig freundlicher, denn der Junge war so grün und blass im Gesicht, dass einem beim bloßen Anblick übel werden konnte. Doch wieder erhielt er keine Antwort.

»Setz dich!« Oyano drückte den Jungen auf die Bank neben dem Ruder.

»Was suchst du hier auf meinem Schiff? Antworte, oder ich werfe dich über Bord!«

Der alte Märchenerzähler versuchte sich in einem grimmigen Blick, den er schon lange in die Kiste der verstaubten Erinnerungen verstaut hatte. Er schien ihm nicht zu gelingen, denn der Junge blieb so stumm wie das Grab eines Namenlosen.

»Rennst du zu etwas hin? Oder rennst du vor etwas weg?«, versuchte Oyano den Jungen, nach langen Augenblicken des Schweigens, nochmals zum Sprechen zu bewegen.

Doch der Junge war stummer als ein Fisch je sein kann.

»Sei dankbar, dass du dieses Schiff gewählt hast für deine Reise. Ich kenne nicht wenige, die einen wie dich kurzerhand über Bord werfen würden«, grummelte Oyano vor sich hin und ließ den Jungen dann in seinem übellaunigen Elend sitzen. Er sah nach Wind, Wellen, Sternen und dem Kompass. Dann band er das Ruder fest, holte sich einen Becher Wein, Brot und Käse, aß und trank, während er hin und wieder den Jungen mit einem grimmigen Lächeln fragte, ob er denn nicht auch etwas zu sich nehmen wolle. Doch der lehnte stets naserümpfend und zur Seite blickend ab.

Der *Wanderer*, Leitstern aller Seefahrer, zog seinen Weg, und die Straße der Sterne ergoss sich glimmend über das nachtseidene Tuch des Himmels. Nachdem Oyano lange über seiner Seekarte gebrütet und sich sorgfältig den Sternen, dem Flüstern des Windes und dem Raunen der Wellen gewidmet hatte, überprüfte er das Ruder und stopfte sich anschließend eine dunkel schimmernde, gebogene Pfeife. Der alte Märchenerzähler lehnte sich zurück und schon nach kurzer Zeit leuchtete der Pfeifenkopf in einem glimmenden Rot, gleichmäßig und ruhig. Die funkelnden Augen der *Großen Schlange* zogen vorbei am halben Himmel, gefolgt von *Pfeil und Bogen*. Oyano saß im Heck seines Schiffes und sah den Rauchwolken nach, die in den nächtlichen Himmel stiegen. Keine heilenden Bilder sah er darin. Bedrohliches stieg auf in dieser Nacht aus seiner Pfeife. Etwas, was der alte Märchenerzähler nicht fassen konnte. Doch er spürte auch, dass Enea in Sicherheit war. Und das ließ ihn ruhig werden. Es war weit nach Mitternacht, als Oyano leise ging, um eine Decke für den Jungen zu holen, der vor Erschöpfung eingeschlafen war. Er hörte ihn seine Geschichte atmen und sah seine Träume in den nächtlichen Himmel steigen.

Auch Oyano schloss irgendwann die Augen, dankbar für den Tag, dankbar für die Nacht und neugierig auf den kommenden Morgen.

Das Flappen der Segel riss Oyano aus einem unruhigen Schlummer. Am östlichen Horizont kündigte sich der nahende Morgen an, aber im Westen war es noch dunkel. Der alte Märchenerzähler kniff die Augen zusammen als er dorthin schaute, auf der Suche nach Wolken, die ein wenig Wind mit sich bringen würden. Er nahm sein Fernrohr und blickte lange angestrengt hindurch. Was er sah, ließ ihn mißssmutig die Nase rümpfen. Dicht über der noch nachtdunklen Kimm waren die Schatten dreier großer Segel in die dahinscheidende Nacht gekerbt.

Oyano zurrte die losen Taue fest und richtete dann das Fernrohr nochmals auf die Schiffe. Es waren schnelle Kriegssegler des Königs, das konnte er jetzt erkennen. Und ihr Kurs würde sie geradewegs zur Uramar führen.

Der alte Märchenerzähler legte das Fernrohr zur Seite und stieg unter Deck. Dort öffnete er seine mit metallenen Beschlägen versehene Seemannskiste. Neben frischer Kleidung und vielerlei anderer Dinge, die ein Märchenerzähler nicht missen

möchte, wohin er auch geht, lag dort das alte Buch der Wahren Namen.
Nachdenklich betrachtete es Oyano. Dann nahm er es aus der Kiste und schlug wachsgetränkte Tücher darum. Schließlich lockerte er ein Bodenbrett, in welches ihm die Schmuggler ein geheimes Zeichen geritzt hatten, und schob das geschützte Buch darunter. Mit der Faust schlug er danach das Holz wieder an seinen alten Platz. Als Oyano sich aufrichtete sah er, dass der Junge aufgewacht war und ihn von Deck aus misstrauisch beobachtete.
»Der Schaden wäre groß, wenn dies Buch in falsche Hände gelangt«, sagte der alte Märchenerzähler, »und es könnte sein, dass wir heute am Tage noch Besuch bekommen von ungeladenen Gästen.«
Erschreckt hatte der Junge sich aufgerichtet und um sich geschaut. Als er die Verfolger entdeckte, schrak er zusammen und stolperte den Niedergang herunter.
»Nur langsam«, beruhigte der alte Märchenerzähler den Jungen. Er reichte ihm einen Becher mit Wasser, Brot und Käse. »Stärke dich. Wer weiß, was dieser Tag noch bringt.«
Als Oyano mit dem Jungen wieder auf Deck stand, waren die großen Segel näher gekommen.
»Eine Verfolgungsfahrt bei Flaute zieht sich hin, auch wenn es Ruderer gibt auf diesen Schif-

fen«, murmelte der Märchenerzähler vor sich hin. »Aber der kleinste Atemzug eines vorbeihuschenden Windes kann alles verändern.«
Die Oberfläche des Meeres war spiegelglatt, nirgendwo zeigte sich ein kleines Kräuseln. Oyano spuckte ins Wasser und sah seinen Speichel neben der Uramar dümpeln.
Er band das festgezurrte Ruder los und drückte es wuchtig von einer Seite auf die andere. Langsam trieben die Speichelbläschen neben der Uramar achteraus davon.
»Wir werden viel Zeit haben heute«, sagte der alte Märchenerzähler zu dem Jungen, der die Verfolger nicht aus den Augen ließ, »und mir scheint, als wärest du heute Morgen nicht viel gesprächiger als in der Nacht. Ich werde dir ein Märchen erzählen, während ich ein wenig rudere.«

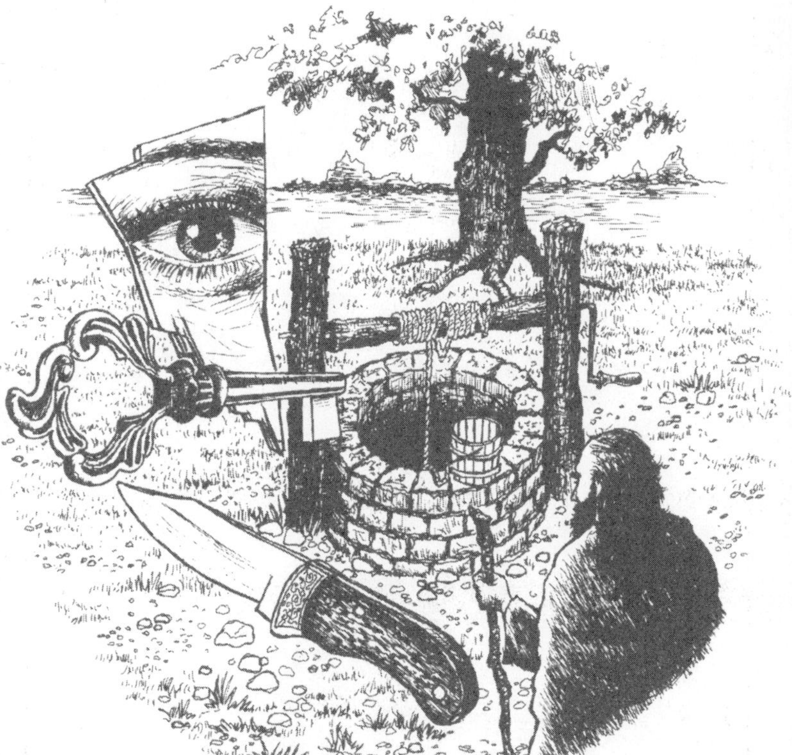

Prinz Namenlos

Einem König und seiner Königin war endlich ein Sohn geboren worden, ein Stammhalter, der künftige Erbe des Reiches. Was war das für eine Freude nach der Geburt. Das Leuchten in den Augen des Königs und der Königin, wenn sie an ihren Prinzen dachten oder ihn sahen, erlosch auch in der Zeit nach diesen Festen nicht.

Wohl hatte der kleine Prinz einen Namen erhalten nach seiner Geburt, den König und Königin gemeinsam mit den geladenen Ahnen ausgesucht hatten. Aber dieser war schnell vergessen. Der kleine Prinz wurde von allen im Schloss stets »mein Sonnenschein«, »süßer Liebling« oder »großer Held« gerufen.

Da geschah es, dass der König in einen Krieg zog, den er selbst begonnen hatte, kaum dass der Prinz ihm bis zur Hüfte reichte. In einer großen Schlacht wurde er getötet. Um ein Haar wäre das Reich zerfallen, doch der Bruder des Königs, dem die Frau vor Jahren gestorben war, setzte sich an die Seite der Königin und regierte nun mit ihr das Land.

Der neue König aber hatte auch einen Sohn, und dieser sollte nach ihm das Reich regieren und den

Thron besteigen. So ließ er den kleinen Prinzen heimlich von Soldaten aus dem Schloss bringen, hin in einen tiefen Wald in dem noch wilde Tiere hausten. Dort fesselten die Soldaten den Prinzen an einen Baum, wie es ihnen der neue König befohlen hatte.

Als sich die Dunkelheit über die Welt senkte, fürchtete sich der kleine Prinz sehr, denn die Stimmen der Nachttiere waren ihm fremd, und sie kamen bedrohlich nahe. Rings um ihn knackte, raschelte und schnüffelte es.

Der kleine Prinz begann zu weinen und die wilden Tiere flohen. In der zweiten Nacht jedoch ließen sie sich nicht mehr durch das Weinen des Prinzen abschrecken. Sie schlichen heran, zerrten und rissen an seiner Kleidung, bis er laut zu schreien begann vor Angst. Da flüchteten die wilden Tiere, denn solche Schreie hatten sie zuvor noch nie gehört in ihrem Wald.

Ihre Bisse und Klauen jedoch hatten die Fesseln gelöst, und so konnte er fliehen. Erst am Abend des nächsten Tages fand er zu einem kleinen Haus auf einer grünen Anhöhe.

Die Tür war nicht verschlossen, und da er schwach war, hungrig und voller Angst, nochmals eine Nacht im Wald verbringen zu müssen, ging er hinein, obwohl ihm auf sein Rufen niemand geantwortet hatte. Trockenes Kaminholz war aufgeschichtet, aber der Prinz wusste nicht, wie man

ein Feuer entzündet und so blieb es kalt im Haus. Er hüllte sich in einige Decken und schlief ein. Durch das Prasseln des Feuers und den würzigen Geruch brennenden Holzes wurde er geweckt.
»Ich dachte schon, du willst überhaupt nicht mehr erwachen«, begrüßte ihn eine tiefe Stimme. Erschrocken fuhr der Prinz von seinem Lager hoch. Der alte Mann neben dem Kamin lächelte beruhigend. »Wie heißt du und woher kommst du?«
Der Prinz antwortete: »In einem großen Schloss wohnte ich. Aber wo es steht, das weiß ich nicht. Sonnenschein werde ich gerufen oder Liebling. Manchmal auch großer Held.«
»So weißt du weder, wie dein wahrer Name lautet«, murmelte der Alte bestürzt, »noch wo dein Zuhause ist. Das ist schlimm, denn wie soll jemand wissen, wohin er gehen will, wenn er nicht weiß, woher er kommt und wie er wirklich heißt?«
Der Alte nahm den kleinen Prinzen bei sich auf, pflegte ihn gesund und lehrte ihn die Geheimnisse des Waldes, die vielfältigen Stimmen der Nacht, wie man auch mit nassem Holz ein wärmendes Feuer entzünden kann und vieles, vieles mehr.
So verstrichen sieben Jahre.
Als dem Prinz der erste Flaum auf den Wangen spross, richtete der Alte eines Abends ein Bündel zusammen und sprach: »Morgen in der Frühe werden wir aufbrechen. Ich habe dich gelehrt, was ich vermochte. Nun ist es an der Zeit, dass du dich

auf den Weg machst, Antworten auf die Fragen zu finden, die du schon fast vergessen hast.«
Vor Sonnenaufgang weckte der Alte den Prinzen, und dann folgten die beiden dem Lauf der Sonne, bis sie am Mittag zu einer hoch gewachsenen Buche kamen, unter deren Ästen ein alter, unscheinbarer Brunnen ausgeschachtet war.
»Das ist der Brunnen des Erinnerns«, erklärte der Alte. »Dreimal musst du von seinem Wasser trinken. Das wird dir weiterhelfen auf deinem Weg.«
Der Prinz ließ den Schöpfeimer hinab in die Tiefe und zog ihn gefüllt wieder empor. Er trank und fand im Eimer ein Messer mit schartig-stumpfer Klinge. »Damit habe ich gespielt vor langer Zeit!«, rief der Prinz erstaunt. »Wie kommt es in diesen Brunnen?«
Der Alte zuckte mit den Schultern und schwieg.
Als der Schöpfeimer ein zweites Mal heraufgezogen wurde, war er nur noch zur Hälfte mit Wasser gefüllt.
Der Prinz trank und fand eine kleine Spiegelscherbe auf dem Grund des Eimers, die funkelte und blitzte im Licht der Sonne. Er verwahrte sie in seiner Tasche, wie zuvor das kleine Messer.
Wieder ließ der Prinz den Schöpfeimer in den Brunnen hinab. Doch als er ihn dieses Mal emporzog, war kein Wasser darin.

»Ist der Brunnen erschöpft?«, wollte der Junge von dem Alten wissen.

»Nein, nein«, schüttelte dieser den Kopf. »Aber um ein drittes Mal zu trinken, musst du hinabsteigen auf seinen Grund.«

Obwohl ihm die Sache nicht ganz geheuer war, stieg der Prinz in den Brunnen hinab. Es knirschte und knorzte, aber die Tritte hielten. Auf dem Grund des Brunnens stand er bis über die Knie im Wasser und es war so dunkel, dass er weit über sich die Sterne am Himmel sehen konnte, obwohl es doch noch heller Mittag war.

Der Prinz trank ein drittes Mal von dem Wasser und fand in seinen Händen einen kleinen Schlüssel, den er mitnahm auf seinem Weg empor.

Zufrieden betrachtete der Alte am Brunnenrand den gold glänzenden kleinen Schlüssel.

»Du bist gut gerüstet für deinen weiteren Weg«, sagte er. »Folge den Augen der *Großen Schlange* heute Nacht. Sie führen dich zum Haus der Spiegel. Darin musst du den einen finden, durch den nur du hindurchgehen kannst. Doch achte darauf, dass du das Haus verlassen hast, bevor die Sonne aufgeht. Sonst bleibst du im spiegelnden Haus gefangen bis an dein Lebensende.«

So ging der Prinz alleine weiter, und als es dunkel wurde, führten ihn die Augen der *Großen Schlange* auf seinem Weg. Die Tiere der Nacht erhoben ihre Stimmen, doch der Prinz verspürte keine Angst. Inzwischen wusste er um ihre Herkunft und Absicht.

Als der Mond am höchsten stand, kam er zu einem sonderbaren Haus. Das war so klein, dass der Prinz Mühe hatte, sich durch die Tür zu zwängen. Im Innern jedoch öffneten sich weite Flure und große Säle, in denen unzählige Fackeln und Lampen sich in tausenden und abertausenden Spiegeln glänzend und funkelnd widerspiegelten.

Manch seltsame Gestalt blickte daraus auf den Prinzen, wenn er vor einem der Spiegel stand: Krieger mit wildem Blick und todbringenden Waffen, Jäger, die ihrer Beute nachstellten Tag und Nacht, ein leichtgläubiger Lebemann und ein dicker Tyrann. Der Prinz irrte staunend durch das verwinkelte Labyrinth der Spiegel, sah sich als edlen Ritter, großen Entdecker, kalten Ausbeuter, liebevollen Herrscher oder verstohlenen Räuber.

Doch immer wenn ihm eines dieser Bilder gefiel, und er versuchte, durch den Spiegel hindurchzugehen, schlug er sich den Kopf an. Erst als der Mond schon untergegangen war und sich vor den Fenstern die Dämmerung ankündigte, erinnerte er sich an die warnenden Worte des Alten und an die kleine Spiegelscherbe aus dem Brunnen. Er nahm sie in die Hand und be-

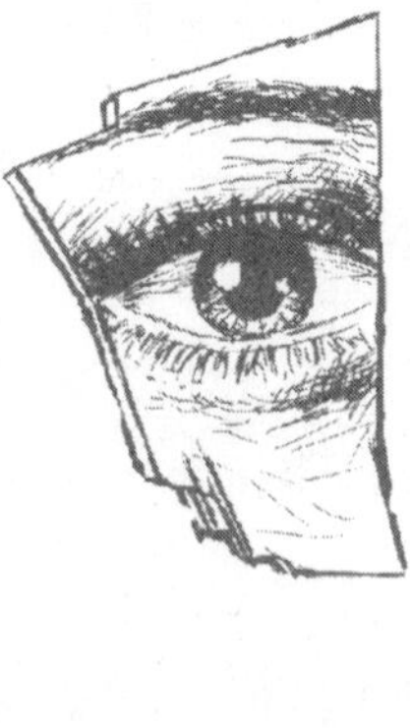

trachtete sie genau. Sie war gerade so groß, dass er sein Auge darin sehen konnte.
Nun wusste der Prinz, nach was er zu suchen hatte. Ohne innezuhalten, lief er durch das Haus der Spiegel und fand schließlich den einen, an welchem ein kleines Stück herausgesprungen war. Trüb schimmerte dieser Spiegel inmitten all der blinkenden und blitzenden anderen. Es war gerade vor Sonnenaufgang, als der Prinz die Scherbe in den Spiegel passte und ohne einen Widerstand zu spüren durch ihn hindurchging.
Er fand sich wieder im riesigen Thronsaal eines Schlosses. Vor ihm saß gebückt der König, sein Stiefvater, mit müden Augen und gramzerfurchtem Gesicht.
»Wer bist du und wo kommst du her?«, rief der König erstaunt.
»Meinen Namen weiß ich nicht«, erwiderte der Prinz und trat vor den Thron. »Aber ich bin gekommen, ihn zu erfahren.«
Da erkannte der alte König seinen Stiefsohn und kam weinend auf ihn zu. »Du bist es, nach all den Jahren.«
Er wollte den Prinzen umarmen, doch dieser wich zurück. »Sag mir den Namen, den ich bei meiner Geburt erhielt«, forderte er.
»Ich weiß ihn nicht mehr. Deine Mutter ist gestorben vor Kummer, als du nicht zurückgekommen bist aus dem Wald. Mein Sohn verließ mich

und zog in die Welt. Ich wollte alles vergessen und habe vergessen«, murmelte der alte König bekümmert und senkte sein Haupt.
Polternd fiel die Krone herab, und da erstarrte der ganze Hofstaat, die Ratgeber, der Kanzler und alle Bediensteten und Höflinge. Kein Laut war mehr zu hören, sogar die Stubenfliegen hingen fett und unbeweglich in der Luft über den Speisen auf dem Tisch.
Nur der Hofnarr grinste weiterhin und unverschämt lebendig.
»Ich zeig dir, wo du Antwort findest«, lachte er und tanzte um den Prinzen. »Mein Tritt ist leicht und deshalb sicher! Geh ich auch wirr, mich findet immer das Ziel!«
Die Kappe bimmelte lustig als er davonsprang, zwischen dem ganzen erstarrten Hofstaat hindurch. Der Prinz folgte ihm verwundert durch die langen Korridore des Schlosses, vorbei an in Stein gemeißelte Vorfahren, riesigen Gemälden, einer Unzahl von Sälen, Tanzräumen und Kaminzimmern, an deren Wänden Jagdtrophäen hingen, hin zu einer unscheinbaren Tür.
»Nun ist es an dir«, sang der lachende Narr, »zu öffnen die Tür! Ich geh, bin aber bereit, wenn du denkst, es ist für mich Zeit!«
Er verschwand so schnell, dass man glauben konnte, er hätte sich in Luft aufgelöst.
Zögernd öffnete der Prinz die Tür. Fast glaubte er

seinen Augen nicht zu trauen, aber er stand tatsächlich im Zimmer seiner Kindheit. Nichts darin hatte sich verändert in der vergangenen Zeit. Hier stand das Bettchen und dort die überquellende Spielkiste. Auf dem kleinen Tisch lagen Farbstifte und weiße Blätter, die darauf warteten, mit bunten Strichen zum Leben erweckt zu werden.

Und daneben stand eine kleine, mit schillerndem Perlmutt verzierte Kassette. Neugierig wollte der Prinz sie nehmen, denn er konnte sich nicht daran erinnern, sie jemals zuvor gesehen zu haben.

Doch da brauste aus einer dunklen Ecke des Zimmers ein schwarzes Ungeheuer auf ihn zu. Das hatte neun Köpfe und dreizehn Schwänze, die wie Peitschen schlugen. Der Prinz nahm das schartige, stumpfe Messer, das er gefunden hatte im Brunnen. Und das blinkte und blitzte mit einem Mal gleißend bunt und grell. Kreischend verschwand das Ungeheuer und nicht einmal ein düsterer Schatten blieb davon zurück.

Da stapfte aus der zweiten Ecke ein grobschlächtiger Riese auf den Prinzen zu. Aber als er das schartige Messer sah, verkümmerte er wimmernd zu einer winzigen Maus, die sich in ein Loch flüchtete.

In der dritten Ecke erschien mit Dampf und Schwefelgestank eine abscheuliche Hexe und richtete ihren Zauberstab auf den Prinzen, doch sie war ebenso machtlos gegen das bunt blinkende, gleißende Licht des schartigen Messers, wie das schleimige Monster, welches in der vierten Ecke gehaust hatte.

Als der Prinz die Kassette nun zur Hand nahm und öffnen wollte, fand er sie verschlossen. Doch der kleine, gold glänzende Schlüssel, den er im Schlick des Brunnens gefunden hatte, drehte sich leicht im kunstvoll gearbeiteten Schloss.

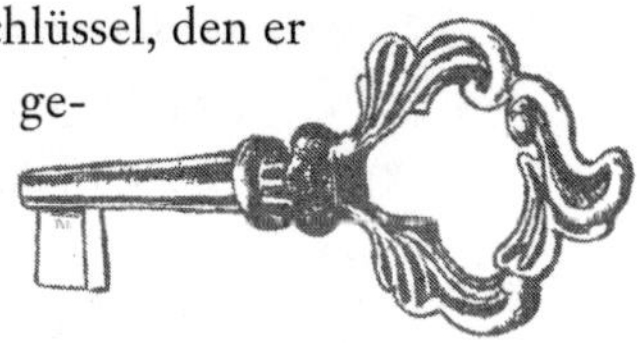

Darin fand der Prinz einen Namen, der mit goldenem Faden auf purpurnem Samt eingestickt war.

So fand der namenlose Prinz zu dem Namen, der ihm bei seiner Geburt gegeben worden war. Als er wieder zurück im Thronsaal war, stand dort noch alles in regloser Erstarrung.

Nur der Narr lüftete neben dem Thron seine Glockenkappe und begrüßte ihn mit übertriebener Verbeugung samt Kratzfuß.

Der Prinz lächelte den Narren freundlich an, setzte sich auf den Thron und rief laut seinen Namen.

Da erwachte der Hofstaat und alle Bediensteten, die Ratgeber und der alte Kanzler.

Und alle verbeugten sich vor dem neuen König, der endlich seinen Namen gefunden hatte.

Der Junge hatte während Oyanos Erzählung die Augen nicht von den Verfolgern gewandt, die inzwischen ein gutes Stück aufgeholt hatten.
»Und wie hieß er nun?«, nuschelte er undeutlich vor sich hin, ohne den Blick zu wenden.
»Spielt das eine Rolle für jemand, der seinen Namen weiß?«, gab Oyano zurück und schwieg, bis sich ihm der Junge schließlich doch zuwandte. Dann lächelte er. »Ich glaube, sein Name war Aaran!«
Erschrocken sah der Junge zur Seite.
»Woher weißt du ...«, stammelte er dann aufgeregt, bevor er sich hastig auf die Lippen biss.
»Ist das jetzt wichtig?«, gab Oyano zurück und deutete auf die näher gekommenen Kriegssegler des Königs.
»Sie suchen mich«, rief der Junge. »Sie wollen mich töten!«
»Woher sollten sie wissen, dass Aaran, der entlaufene Sohn des Königs von Nestras, hier an Bord ist?«, antwortete der alte Märchenerzähler ruhig, während er fortwährend das Ruderblatt von einer Seite auf die andere drückte. »Und weshalb sollten sie dem Erben des Reiches etwas antun wollen? Mir scheint eher, als würden sie mich suchen, oder das Buch, das ich bei mir führe.«
»Nein, nein!«, rief Aaran aufgeregt. »Schon lange hat der Kanzler den Oberbefehl über die Solda-

ten. Er ist hinter mir her und will mich töten. Wenn ich nicht mehr bin, wird er sich zum König ausrufen und den Thron besteigen, sobald mein Vater stirbt.« Verzweifelt sah er nach den stetig näher kommenden Verfolgern.

»Mag es das eine sein oder das andere«, gab Oyano zurück, ohne mit dem Rudern innezuhalten. »Es ist wohl besser, wenn sie uns nicht zu nahe kommen.«

»Aber was können wir tun?«, rief der Junge. »Nicht mehr lange und sie werden uns erreicht haben!«

»Schau nach vorne«, forderte Oyano ihn auf. »Solange es dort etwas gibt, was sich zu erreichen lohnt, richte deinen Blick nicht nur zurück.«

Er wartete, bis der Junge den gebannten Blick auf die Verfolger aufgegeben hatte.
»Siehst du die beiden Inseln?«, fragte er dann.
»Nur eine Insel sehe ich«, antwortete der Junge und starrte über den Bug nach vorne, dem beginnenden Tag und einem gischtumsäumten Schatten entgegen, der vor ihnen aus dem Meer wuchs.
»Ich hoffe, das ist auch das, was unsere Verfolger sehen.« Oyano lächelte und zog eine Seekarte aus weich gegerbtem Leder aus einer Tasche seines Umhangs. »Wenn wir näher kommen, wirst du bemerken, dass es in Wahrheit zwei Inseln sind. Dazwischen gibt es eine schmale Durchfahrt. Der Rachen des Drachen wird sie genannt. Du wirst sehen weshalb. Ich vertraue darauf, dass ihre Karten nicht so gut sind wie die, die ich geschenkt bekam von meinen Freunden, den Schmugglern. Wir werden sehen.«
Immer noch drückte der Märchenerzähler das Ruder des Schiffes von einer Seite auf die andere und steuerte so die Uramar hin auf das Inselband, das nun gerade vor dem Bug aus dem Meer wuchs.
Mit bloßem Auge waren die Verfolger nun gut zu erkennen und auch der Junge sah jetzt die Ruderer, die mit gleichförmigen Schlägen die Schiffe durch das Wasser trieben.
Oyano kümmerte sich nicht darum. Er saß mit weit geöffneten Augen und sah aufmerksam um

sich. Lautlos bewegten sich seine Lippen, als würde er mit jemandem sprechen.
Und gerade als die Sonne mit flammendem Rand wie neugeboren aus dem Meer stieg, deutete er mit der Hand nach backbord und hatte mit wenigen Griffen die Segel so weit geöffnet, wie es die Taue zuließen. Die seidig glatte Oberfläche des Meeres begann sich leise zu kräuseln. Das leichte Tuch des Vorsegels wölbte sich der Ahnung des Windes entgegen und fing ihn ein. Die Segelrollen schlugen zwar noch locker und die Taue schlackerten unschlüssig, doch die Uramar begann schon leicht ihr Haupt zu neigen und Fahrt aufzunehmen.
Die Feuerpfeile, welche auf sie geschossen wurden, versanken zischend im Meer. Oyano lächelte, als sich die Segel blähten und sich sein Schiff in den Wind legte. Voller Hoffnung starrte der Junge nach vorne und sah, wie sich die Landmasse der Insel öffnete. Er bekam den Blick frei auf eine schmale Wasserstraße, deren türkisfarbenes Wasser in der Morgensonne wie die sagenumwobenen Juwelen von Samarkant leuchtete. Der alte Märchenerzähler hantierte währenddessen eifrig mit Tauen und dem Baum des Schiffes. Immer wieder schaute er auf die alte Karte und steuerte die Uramar vorsichtig zwischen die beiden Inseln, geradewegs hinein in den Rachen des Drachen.
Dicht neben dem Schiff ragten jetzt die Klippen aus dem Wasser und der Meeresgrund war schon

bedrohlich näher gerückt. Kein Sand wartete dort. Nein, die schroffen Klippen der Küste setzten sich unter Wasser fort, heimtückische Riffe, die nur darauf warteten, einem vorüberfahrenden Schiff den Rumpf aufzureißen.

Oyano änderte den Kurs ein wenig, als er an einem vom Blitz gespaltenen Baum, der seine verkohlten Äste in hoffnungsloser Geste dem Himmel entgegenreckte, vorübersegelte, geradewegs auf einige gischtumspülte Klippen zu. Als der Junge dachte, nun würde der Rumpf der Uramar aufgerissen, stemmte sich Oyano gegen das Ruder. Nicht die kleinste Schramme hatte der Leib der Uramar davongetragen, als der Märchenerzähler sich aufatmend setzte und zurückschaute auf die Verfolger, von denen nur ein Schiff folgte zwischen den Inseln hindurch. Die anderen hatten die Ruder eingezogen, lagen still und warteten ab.

»Wird er es schaffen?«, wollte der Junge wissen.

»Nicht wenn meine Karten stimmen«, antwortete der alte Märchenerzähler. Kaum hatte er dies gesagt, bäumte sich der Kriegssegler jäh auf. Das Splittern von Holz war zu hören, das Zerreißen der Wanten und schließlich das Brechen der Masten.

»Wenn gute Schiffe scheitern, so ist es meist nahe am Ufer«, murmelte Oyano. Dann wandte er seinen Blick nach vorn. »Aber wir haben noch einen weiten Weg über das Meer vor uns.«

LOGBUCH DER URAMAR

Zwei Nächte vor Neumond. Das Chamäleon *steht hoch am Himmel und der* Wanderer *weist mir auch in dieser Nacht wieder den Weg. Ein kalter Wind aus Nord beginnt das nächtliche Meer zu wecken. Die ersten Schaumkronen werden vom Wind weggewirbelt, hinein in die Nacht. Mit halbem Wind und ächzenden Segelrollen weiter hin zur Insel zwischen den Nächten. Kap Feuerland ist in der Dunkelheit schon gut zu erkennen. Die Vulkane speien Glut und Feuer. Einen besseren Leuchtturm könnte es nicht geben.*
Zum Glück habe ich die Karte der Schmuggler bei mir. Ohne sie hätte ich den Weg nicht gefunden durch den Rachen des Drachen, heute am Morgen. Kriegssegler des Königs haben mich verfolgt. Ihre Absicht war keineswegs freundlich. Zu dicht fielen Brandpfeile neben der Uramar ins Wasser.

Der Prinz des Reiches, Aaran, hat sich auf mein Schiff geflüchtet. Was hat das zu bedeuten?
Er schläft inzwischen.
Auch ich werde jetzt ein wenig dösen.

Als die kalten Augen der *Großen Schlange* am westlichen Horizont auftauchten, hüllte sich Oyano in eine wärmende Decke und stopfte sich seine Pfeife. Dösend blies er den Rauch durch die Nase und sah den aufsteigenden Nebelgestalten zu. Manchmal erzählten sie ihm Geschichten, manchmal blieben sie verwirrend stumm. Der Märchenerzähler sah ihnen nach, den einen, wie den anderen.

Im Laufe der Nacht frischte der Wind auf und, bevor er ein kleines Nickerchen wagen konnte, hatte Oyano am Ruder mit beiden Händen zu tun, um das Stampfen und Rollen der Uramar auszugleichen.

Es war wohl schon nach Mitternacht, von *Pfeil und Bogen* war nur noch die Pfeilspitze am Horizont zu sehen, als der Junge den Niedergang emporkletterte und sich neben den alten Märchenerzähler stellte.

Eine Zeit lang beobachtete er ihn schweigend, nicht ohne immer wieder ängstlich abwägend auf das wogende nächtliche Meer geschaut zu haben.

»Halte das Schiff auf diesem Kurs. Ich muss das Segel wechseln!«, befahl Oyano und drängte den Jungen an das Ruder.

»Aber..., ich kann doch nicht ...«

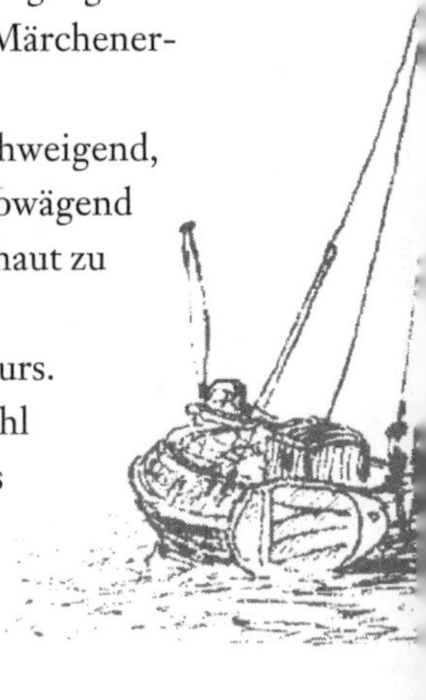

Der Märchenerzähler jedoch hörte den Jungen nicht mehr. Er stand schon auf dem Vorschiff im Wind und barg die großen Segel.
Vom Sprühwasser durchnässt kam Oyano zurück. Er lehnte sich gegen die Reling und lachte, als die Uramar sich in den Wind zu legen begann und über die Wellen schwebte, wie ein großer, alter Drache.
Der Junge schwitzte am Ruder und manchmal schien die Kraft der Wellen über seine eigene zu gehen. Denn wenn die Wellen sich brachen, sprühte die Gischt wie eine Sturmflut auf den Märchenerzähler und den Jungen, und die wachsenden Wellenberge wollten die Uramar schütteln und in ihrem Griff bannen. Ein wenig bang sah Aaran zu dem Märchenerzähler, der neben ihm stand und mit geschlossenen Augen in den Wind roch.
Der schien den Blick zu fühlen, denn er öffnete die Lider und sah den Jungen schelmisch an. »Kennst du die Geschichte vom großen Weisen und dem Fischer?«
Der Junge stemmte sich gegen das Ruder, um eine quer laufende Welle auszugleichen und schüttelte den Kopf.

»Nun gut«, sagte Oyano und holte seine Pfeife aus der Tasche seines Umhangs.

Doch als die Uramar die nächste Welle hatte hoch aufschäumen lassen, steckte er sie aufseufzend wieder zurück. »Ein Freund, den ich zu treffen hoffe auf der Insel zwischen den Nächten, hat sie mir erzählt.«

Er nickte dem Jungen aufmunternd zu.

Die andere Hälfte des Lebens

Ein großer Weiser wollte einst das Meer überqueren, um dort nach noch mehr Weisheit zu suchen. Er fand einen Fischer, der mutig genug war, ihn auf sein Schiff zu nehmen und die Fahrt zu wagen. Als die beiden aus dem Hafen fuhren waren Meer und Wind so wie Seefahrer es sich wünschen, voller verlockender sehnsüchtiger Gerüche und Ahnungen, wohlwollender Winde und einer sanften Dünung.

»Nun sag mir, Fischer«, wollte der große Weise ein Gespräch beginnen, um sich das Schweigen einer langen Überfahrt zu verkürzen, »hast du auch die Gedanken des Meisters Gorat gelesen?«

Und als der Fischer gestehen musste, dass er leider niemals lesen gelernt hatte, rief der große Weise mitleidig aus: »Du Ärmster! Die Hälfte deines Lebens ist unnütz gelebt, wenn du nichts von der Weisheit der Bücher und der Worte weißt!«

Der Fischer schwieg betrübt und haderte mit sich selbst und seinem Leben, denn er war sich sicher, vieles versäumt zu haben, was er niemals würde nachholen können.

Doch noch vor dem Mittag drängten sich dunkle

Wolken über den Horizont und jagten daher wie eine entfesselte Rotte angreifender Wildschweine. Das Meer begann sich aufzubäumen und die Wellen stiegen höher und höher, bis sie schließlich über dem Boot des Fischers zu brechen begannen. Hilflos musste der Fischer mit ansehen, wie der Mast seines Schiffes zersplitterte und die Segel im Wind davonfetzten. Der große Weise klammerte sich an ein Tau des untergehenden Schiffes und rief: »Was nun, Fischer?«

Der fragte ihn: »Kannst du denn nicht schwimmen?«

Der große Weise antwortete: »Dafür blieb mir nie Zeit bei meinen Studien.«

Darauf sagte der Fischer bekümmert: »Das ist sehr schlimm, Herr, denn jetzt bleibt die andere Hälfte Eures Lebens ungelebt.«

Das Schiff ging unter und mit ihm der große Weise. Welch ein Verlust für die Menschheit sagten sich viele, die zu Trauerfeierlichkeiten zusammenkamen, als sie von dem Vorfall hörten.

Der Fischer jedoch konnte an Land schwimmen und sich retten. Später baute er sich ein neues Schiff und fuhr wieder über das Meer.

Oft zum Fischen, manches Mal mit Reisenden und ab und an auch ganz alleine in eine stille Bucht um zu lesen, denn das hatte er inzwischen erlernt.

LOGBUCH DER URAMAR

Eine Nacht vor Neumond. Mitternacht ist lang vorüber. Ungemütlich war es um Kap Feuerland. Aber das ist an einem Ort wie diesem auch nicht anders zu erwarten. Die schweren Kreuzseen am Kap haben die Uramar kräftig durchgeschüttelt, doch nun blinken schon ab und an Pfeil und Bogen *am dunklen Himmel durch auseinander brechende Wolkenbänke, und auch der* Wanderer *ist vage auszumachen. Der Wind nimmt ab.*

Wer den Weg des Wanderers *kennt, weiß, wo er sich selbst befindet, sagt eine alte Seemannsweisheit. Aber wie lange wird er noch auf seinem Weg bleiben?*

Schiffe habe ich den Tag über nicht gesichtet.

Der Junge schläft und ist recht schweigsam. Taina hatte Recht: Nicht einmal stahl sich der Funke eines Lächelns in sein Gesicht bisher.

Bei Sonnenaufgang werden wir die Wiege der Winde erreicht haben. Ich hoffe, dort einen freundlichen Wind zu wecken, der uns durch die See der Sehnsucht zur Insel zwischen den Nächten bringt.

Windstill wie vor dem ersten Atemzug der Welt lag das Meer. Einem polierten Spiegel gleich wartete es auf den kommenden Tag. Ein Morgen dämmerte herauf, so klar und blau wie das meisterhaft geschliffene Glas aus Taragon. Der alte Märchenerzähler saß still staunend, obwohl er solche Morgen schon oft erlebt hatte auf dem Meer.
Als dann die Sonne strahlend jung aus dem Wasser stieg, klopfte er seine Pfeife aus und faltete die Seekarte auseinander. Die Uramar dümpelte inmitten der Wiege der Winde. Oyano holte bedächtig die Segel ein. Nur ein kleines Sturmsegel blieb am Vorstag aufgezogen. Es hing herunter wie ein feuchter Putzlappen.
Als Oyano alle Taue sorgfältig geprüft und gesichert hatte, band er das Ruder fest, setzte sich ins Heck der Uramar und sah nach achtern. Ganz leise begann er eine Melodie zu summen. Nach einigen Takten formten sich fremdsprachige Silben. Und schließlich sang der alte Märchenerzähler mit rauer, zärtlicher Stimme in einer alten Sprache. Nicht weit entfernt begann sich die still atmende Oberfläche des Meeres leicht zu kräuseln. Oyanos Stimme wurde ein wenig lauter und das Kräuseln des Wassers zog leichte Kreise.
Da polterte es in der Uramar. Aaran stolperte den Niedergang herauf und schrie mit wirrem Schlaf in den Haaren: »Was ist? Sind sie wieder da?«

Oyano wandte sich um. »Still!«, flüsterte er eindringlich und winkte beschwichtigend mit den Händen. »Still!«
Doch es war zu spät. Die spielerischen Kreise auf dem Meer zogen sich dichter und dichter zusammen. Dann wurde das Wasser in einem gewaltigen Strudel nach unten gezogen, als ob ein Ungetüm dort seinen unermesslichen Durst zu löschen versuchte.
»Alle Luken schließen!«, befahl Oyano mit einer Stimme, die keinen Platz für Fragen ließ. Aaran verschwand mit einem Satz im Bauch der Uramar. Nach einem endlosen Augenblick vollkommener Stille, jenem Wimpernschlag, der ein Leben ändern kann, brüllte und toste es aus dem wirbelnden Schlund wieder heraus. Eine schwarz wirbelnde Wolke stieg in den Himmel und legte ihr flatternd dunkles Gewand über die aufsteigende Sonne.
»Das habe ich mir anders vorgestellt«, murmelte Oyano und stemmte sich gegen das Ruder, in welchem er die Macht der anströmenden Wellen schon spürte. Der Wind krallte sich in das Sturmsegel, und die Uramar pflügte mit gesenktem Bug durch die aufkommenden Wellen wie ein Ochsengespann den Pflug durch regenschwere Erde.
»Alles dicht«, meldete der Junge, als er den Kopf wieder aus dem Niedergang steckte. »Was ist geschehen?«

Oyano grinste grimmig. »Du hast einen Wind geweckt, für den ich nicht gesungen habe. Du konntest es nicht wissen«, beruhigte er den Jungen, »aber in der Wiege der Winde ist es gut, bescheiden und leise aufzutreten. Mächtige Gewalten ruhen hier.«
»Und nun?«, wollte Aaran wissen.
»Schließ den Niedergang und setz dich zu mir. Bis zum Nachmittag sollte sich der wilde Geselle ausgetobt haben«, anwortete Oyano und zog sich die Kapuze seines Umhangs über den Kopf, denn die achterliche Gischt begann über die Uramar zu sprühen wie Schwaden herbstlichen Nebels.
Und zwischen all dem fliegenden Wasser, der peitschenden Luft, den sich auftürmenden Wellen, der davonfetzenden Gischt, entdeckte der Junge noch vor Mittag tatsächlich die Masten der Kriegssegler des Königs. Mit schreckgeweiteten Augen deutete er sprachlos in ihre Richtung. Als Oyano sie sah, knurrte er wie ein gereizter alter Hofhund, der in seinem Mittagsschlaf gestört wird. »Gut, dass du schon geübt hast«, sagte er zu Aaran. »Komm ans Ruder und versuche, diesen Kurs zu halten. Der wird diesen großen Schiffen nicht sehr schmecken. Ich werde noch ein Segel aufziehen.“
Der alte Märchenerzähler kramte in einer Backskiste, bis er ein dünnes, buntes Tuch fand. Das zog er halb den Mast hoch und ließ es daran knallend

flattern. Sobald das Tuch jedoch im Sturm am Mast hing, schnitt die Uramar wie ein Pfeil durch die sich überschlagenden Wellenberge. Der kräfteraubende Druck am Ruder ließ nach, und Aaran steuerte die Uramar leicht und voll spielerischer Ausgelassenheit auf einem Kurs, der den großen Kriegsseglern des Königs durch Spanten und Wanten ging. Sie stampften und rollten durch das tosende Meer und mehr als ein Mann ging dabei von Bord, denn ihre Schiffe gebärdeten sich wie Wildpferde, denen man zum ersten Mal den Sattel aufzulegen versucht.

»Du lernst schnell«, sagte Oyano anerkennend und ließ den Jungen am Ruder stehen, während einer der Verfolger die Segel strich und die Verfolgung aufgab.

Aaran rief mit leuchtenden Augen: »Hilft dieses Tuch bei allen Stürmen?«

»Nur dem, der es sich redlich erworben hat«, gab Oyano zurück und beobachtete den Kriegssegler, der zu viele Segel aufgezogen hatte, um in dieser See bestehen zu können. Er kam zwar näher, doch statt, wie die Uramar, auf der tosenden Flut zu schweben und von ihr getragen zu werden, musste der Kriegssegler sich mit seinem Bug eine Schneise durch die brüllende See schlagen. Es kam, wie es kommen musste. Als er wieder einmal kopfunter aus einer sich überschlagenden Welle auftauchte, hatte die wütende Kraft des Meeres den Bugspriet abgerissen. Der mannstarke Mast brach wie ein Strohhalm unter einem achtlosen Tritt, und die Segel fetzten davon im hohnlachenden Wind. Schon kurze Zeit später hatten Oyano und der Junge den Kriegssegler in der stürmischen Flut hinter sich gelassen und sahen ihn nicht mehr.

Wie der alte Märchenerzähler vermutet hatte, ging dem ungebärdigen Gesellen, den Aaran in der Wiege der Winde geweckt hatte, gegen Nachmittag der Atem aus. Die Sonne brach durch die auseinander treibenden Wolken, und der alte Märchenerzähler begann seine Pfeife zu stopfen und fröhlich zu singen. Aaran stand am Ruder, steuerte den Kurs, den Oyano ihm vorgab, schaute auf das Meer und hörte den Liedern zu.

Noch vor Sonnenuntergang trieben Regenwolken wie Nebelgespenster über das Meer. Ihre dünnen Finger griffen herab bis auf die Wellen. Als dann der Kompass verrückt spielte und durch die Windrose kreiste wie ein liebestoller Kolibri, wusste Oyano, dass sie die See der Sehnsucht erreicht hatten; nirgendwo sonst sind

die Gesetze und Grenzen der Vernunft so bedeutungslos wie in diesen Gewässern.
Die Uramar rauschte voll lebensfroher Lust durch eine schaumgekrönte Dünung, hinein in eine diesige und regnerische Dunkelheit.
»Nun übernehme ich das Ruder«, sagte der alte Märchenerzähler. »Sei du aufmerksam und schau dich um. Im Meer der Sehnsucht findet sich allerlei Treibgut, das ich nicht rammen will. Am späten Abend werden wir unser Ziel erreicht haben.«
Er reichte Aaran einen Hut, denn es hatte zu nieseln begonnen und schon bald konnte man kaum noch dreißig Schritte weit sehen.
»Was ist das für ein Buch, das du versteckt hast vor den Soldaten?«, fragte Aaran nach einiger Zeit des Schweigens, während er aufmerksam vorausschaute.
»Ein wichtiges Buch«, murmelte Oyano. »Es gibt nur noch diese eine Abschrift. Die Sprache ist uns nicht mehr vertraut. Es ist schwierig, hinter den Sinn der Worte zu kommen. Mancherlei Deutungen sind möglich, mancherlei Deutungen nötig. Ich war sein Hüter in der vergangenen Zeit. Nun bringe ich es zurück zur Gilde der Märchenerzähler, damit ein anderer es zu sich nimmt.«
»Das soll nun einer verstehen!« Der Junge stöhnte und schloss die Augen.
»Es ist das Buch der Wahren Namen«, erklärte

Oyano weiter. »In ihm stehen die Namen aller Pflanzen und Tiere, der Steine und Sterne und noch vieles mehr, in der Sprache des Ursprungs. Wer den wahren Namen weiß, erkennt und sieht die Dinge wie sie sind. Und wer weiß, wie etwas mit seinem wahren Namen gerufen wird, kann es beherrschen – oder mit ihm reden. Kann es missbrauchen für mächtige Zauberrituale – oder von seiner Weisheit lernen.«

Der alte Märchenerzähler kramte seine Pfeife aus einer der vielen Taschen seines Umhangs und zog daran. Seltsamerweise brannte sie, ohne dass er sie entzündet hatte.

»Ein Tyrann würde seine rechte Hand für dieses Buch geben. Vielleicht auch noch sein Bein dazu!«, sagte er und blies eine dicke Rauchwolke den niederkommenden Nebelwolken entgegen. Dann sah er wieder aufmerksam voraus und änderte den Kurs nach einiger Zeit um das Viertel der Windrose. Die Uramar trieb vor dem leichten achterlichen Wind wie ein Drache, der die Flügel weit ausgebreitet hatte, um in den diesig verhangenen Abend zu schweben.

»Da«, sagte der alte Märchenerzähler und deutete voraus. Knapp hundert Ellen steuerbord tauchte ein seltsames Gebilde aus dem Nieselregen auf. An Land und aufgerichtet, hätte es wohl ein Haus sein können. Doch die Balken des Dachstocks ragten unbedeckt und spitz wie Rammsporne eines Kriegsschiffes aus dem Wasser. Wenn Oyano den Kurs nicht geändert hätte, wären sie zusammengestoßen mit dem eigenartigen Gebilde, das da im Meer trieb.

»Was war denn das?«, rief der Junge erstaunt.

»Es sah aus, wie ein Haus, das sich jemand einst bauen wollte«, gab der alte Märchenerzähler ungerührt zurück, zog an seiner Pfeife und sah aufmerksam umher.

»Was ist das?«, rief Aaran und deutete nach backbord.

Ein Eisberg driftete langsam heran aus dem dämmrigen Nebel. In ihm war ein breites Bett mit seidenen Laken eingefroren. Die Decken waren so ordentlich gerichtet, wie bei einem Totenbett.

Wieder änderte Oyano den Kurs der Uramar. Er zog an seiner Pfeife und sah dem Eisberg hinterher. »Weggeworfene Träume schwimmen hier und vergessene Sehnsüchte. Daher kommt der Name dieses Meeres«, murmelte er, während er einem dahertreibenden Tisch auswich, der mit vielerlei Köstlichkeiten gedeckt war und doch trostlos wirkte, da niemand an ihm saß.

»Manche wollen geborgen werden, andere wer-

den achtlosen Seefahrern oder schwachen Schiffen zum Verhängnis«, erklärte Oyano weiter.
Am Abend wurde der alte Märchenerzähler geschäftig. Er reffte das Segel, legte sorgfältig gerollte Taue zurecht und schaute mit erwartungsvollem Blick voraus. Noch immer regnete es gleichförmige graue Fäden, und in der Nacht sah der Junge kaum neun Schritte weit.
»Wir sind gleich da«, rief Oyano dem Jungen zu. »Geh nach steuerbord, nimm das Tau vom Vorschiff mit und halte dich bereit an Land zu springen.«
Aaran blickte angestrengt um sich, aber er konnte nichts sehen. Oyano löste die Schoten und das Segel fiel herab.
»Spring!«, hörte der Junge den alten Märchenerzähler rufen. Aaran starrte in die Dunkelheit. Aber da war nichts außer regenschwerer, gräulicher Schwärze.
»Nun mach schon! Du musst dich einfach nur trauen!«, hörte er die Stimme des alten Märchenerzählers und gleichzeitig ein Poltern, denn Oyano war mit der Heckleine vom Schiff verschwunden.
Aaran nahm das Tau fest in die Hände und mit einem gewaltigen Satz sprang er von der Uramar hinein in die Finsternis. Er landete im Wasser. Keuchend strampelte er sich empor und hörte als Erstes das prustende Lachen des alten Märchenerzählers.

»Hier!«, sagte Oyano, und Aaran spürte eine kräftige Hand, die ihn mit Schwung auf einen schwankenden Steg zog, der erst erschien, als der sprachlose Junge darauf stand.
»Das Tau«, rief Oyano ihm aufmunternd zu. »Mach es fest!«
Staunend sah Aaran um sich. Aus dem nächtlichen Grau des Regens hatten sich die Schatten einer alten Hafenstadt geschält. Fackeln brannten an der Mole, und jetzt sah er auch die Feuer der Hafeneinfahrt.
Verwundert fragte er: »Wie kommt das? Ich habe keinen Hafen gesehen und keinen Steg.«
Der alte Märchenerzähler legte einen Arm um die Schulter des Jungen: »Man sieht nur, was man weiß. Jetzt weißt du, dass es die Insel zwischen den Nächten gibt.«
Aaran runzelte verständnislos die Stirn.
»Das Schöne an dieser Insel ist, dass man glauben muss, dass es sie gibt. Dadurch wird sie wirklich. Du hast es nicht geglaubt, deshalb war sie nicht da für dich. Aber du kannst ja schwimmen zum Glück.«
Seite an Seite gingen sie über den schwankenden Anlegesteg. »Es gibt Dinge, die gibt es nur, wenn man auch daran glaubt, dass es sie gibt«, sagte Oyano zu dem Jungen. »Aber lass uns nun einen trockenen Platz suchen.«
Bei der alten Mole, an welcher die Kauffahrer

mit ihren dickbauchigen Schiffen lagen, schaute Oyano in die offenen Fenster und Türen der Hafenkneipen, aus denen vielstimmige Lieder, lautes Lachen und Erzählen drang. Wie immer wurde gefeiert in der Neumondnacht, bevor sich am Tag danach die große Versammlung traf. Der Märchenerzähler jedoch zog den Jungen weiter, obwohl er einige Male freundliche Worte rief und winkend begrüßt worden war. Nur einmal blieben sie stehen und drängten sich in einen niedrigen Raum, dessen Altersfurchen vom Ruß gezeichnet waren. Eine junge Frau stand auf einem der Tische und stampfte ruhegebietend ihre Stiefel auf die hölzerne Platte. Dabei blitzte und blinkte ein kleiner Edelstein in ihrem Bauchnabel und verzückte die Blicke der bierseeligen Männer, die um Tische saßen oder sich am Tresen drängten.

»Ich werde euch ein Rätsel stellen, ihr Märchenerzähler«, rief sie. »Wer es löst, soll essen und trinken was er will heute Abend. Wenn keiner die richtige Antwort findet, werdet ihr mich aushalten die ganze Nacht.«

»So soll es sein!«, riefen alle und waren nicht wenig angetan vom Bauchnabel der jungen Frau.

»Dann hört gut zu«, rief die Frau. »Ich erzähle euch die Geschichte vom Pferderennen.«

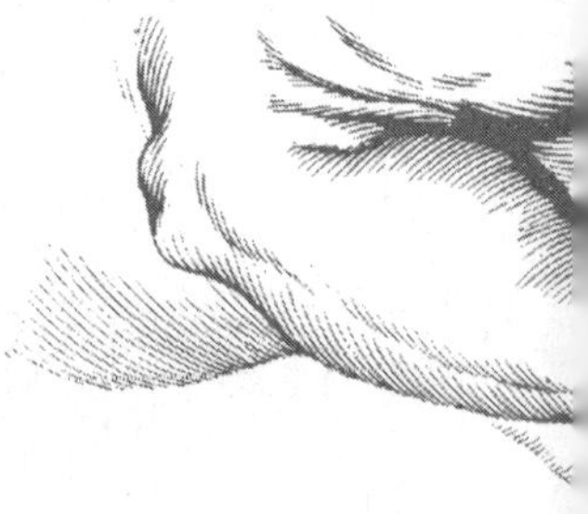

Ein rätselhaftes Pferderennen

Der alte König eines mächtigen Reitervolkes spürte, dass sein letzter Tag gekommen war und rief seine beiden Söhne zu sich. Er segnete sie und nahm ihnen das Versprechen ab, seinen Leichnam auf die geliebte Schimmelstute zu binden. Dort, wo diese zum ersten Mal stehen bleiben würde um zu grasen, sollte sein Grab errichtet werden.
Seine Söhne versprachen zu handeln, wie er es ihnen aufgetragen hatte.
Der alte König sprach weiter: »Wenn die Trauerzeit vorbei ist, nehmt eure Lieblingspferde und veranstaltet ein Rennen zu meinem Grab. Derjenige, dessen Pferd zuletzt ankommt, soll mein Nachfolger und Erbe des Reiches sein.«
Als die Söhne gelobten, auch in diesem Falle zu handeln, wie ihnen aufgetragen, schloss der alte König zufrieden seine Augen und schlief auf immer ein.
Wie versprochen banden die Söhne den Leichnam ihres Vaters auf dessen geliebte Schimmelstute. Drei Tage und drei Nächte verhielt sie nicht in ihrem Schritt. Erst am Fuß eines grünen Hügels begann sie unter einigen uralten Weiden zu grasen. Die Söhne gruben das Grab und setzten

ihren Vater in die Erde. Dann suchten sie Steine und schmückten das Grab, so wie es die Tradition vorschrieb. Gemeinsam ritten sie zurück, drei Tage und drei Nächte lang.

Als die Trauerzeit vorüber war, gingen sie am Morgen in den Stall und sattelten ihre Lieblingspferde. Dann galoppierten sie gemeinsam los zum Grab ihres Vaters. Die Lust, die Haare im morgendlichen Wind wehen zu lassen trieb sie an, bis ihre Pferde schäumten und dampften. Am Abend kamen sie dicht nebeneinander zu einer einladenden Herberge.

»Lass uns hier rasten«, sagte der ältere Bruder, »gut essen und schlafen. Morgen bei Sonnenaufgang können wir unser seltsames Rennen fortsetzen.«

Der Jüngere war einverstanden, und so versorgten sie ihre Pferde in der Herberge und nahmen Quartier für eine Nacht. Sie aßen und tranken zusammen und lachten viel über die Geschichten aus ihrer Kindheit, die ihnen zu später Stunde in den Sinn kamen.

Am nächsten Morgen mühte sich keiner der beiden das Frühstück schnell zu beenden. Als sie ihre Pferde sattelten, war es schon Mittag. Gemächlich trabten sie nebeneinander her. Manchmal sahen sie sich an und zuckten mit den Schultern. Am frühen Abend erreichten sie wiederum eine Herberge.

»Lass uns rasten hier«, sagte der jüngere Bruder und der ältere nickte. Sie versorgten ihre Pferde, und dann saßen sie zusammen, aßen und tranken und sprachen über ihren Vater und ihr Leben, ihre Frauen und Kinder und spät in der Nacht auch über sich. Und sie saßen noch und sprachen miteinander, als der Morgen sich schon wieder ankündete mit dem ersten dämmrigen Licht.
Die Brüder umarmten sich lange und stiegen dann in die Sättel. Doch im Gegensatz zum gestrigen Tag trieben die beiden die Pferde zum äußersten Galopp und schonten sie nicht.«
Die Erzählerin drehte sich im Kreis, dass der Edelstein bis in die hinterste Ecke blinken konnte. »Nun sagt mir, ihr Märchenerzähler, welche Lösung haben die beiden Söhne gefunden, um das gegebene Wort zu halten?«

Es war still in dem niedrigen Raum. Still, bis auf das Tropfen des Bierhahns und das Gluckern des Weinfasses.

»Aber Sunja«, rief Oyano, nachdem er einige Augenblicke angestrengter Nachdenklichkeit hatte verstreichen lassen. »Diese Geschichte hat einen Bart, so lang wie der Weg von Taragon nach Nestras. Du kannst von Glück sagen, dass ich noch eine Verabredung habe. Sonst würde ich dir heute Abend zeigen, was ich alles essen kann.«

»Oyano«, stöhnte die Frau auf dem Tisch und verdrehte in gespieltem Entsetzen die schwarz umrandeten Augen. »Du hier? Das ist heute nicht mein Tag.«

»Vielleicht hättest du nach den Sternen sehen sollen«, schmunzelte der alte Märchenerzähler, »oder nach dem Flug der Bienen.« Er trat einen Schritt vor. »Soll ich das Rätsel nun lösen, oder bekomme ich schon für mein Schweigen etwas zu trinken?«

Kaum hatte er ausgesprochen, drückte ihm Sunja einen Becher Wein in die Hand. »Trink und geh dann weiter«, lachte sie ihm zu. »Vielleicht findet ja einer hier die richtige Lösung. Dass du sie weißt, bin ich mir gewiss.«

Der alte Märchenerzähler trank einen kleinen Schluck, verzog die Lippen und reichte den Becher zurück. »Mir scheint, das ist nicht mein Jahrgang.«

Oyano winkte Sunja freundlich zu und ging mit Aaran weiter.
»Und was ist nun des Rätsels Lösung?«, fragte der Junge den Märchenerzähler nach einiger Zeit. Unter geschäftigem Lärmen wurde ein Kauffahrer ausgeladen. Die Schauerleute sangen schaurige Lieder, Oyano schwieg und Aaran grübelte vor sich hin, bis sie einige Gassen weitergegangen waren. Fackeln warfen zuckende Lichtfiguren an alte steinerne Mauern.
Plötzlich rief der Junge laut. »Natürlich! Sie haben ihre Pferde getauscht. Das haben sie verabredet. Und damit konnten sie endlich aus dem seltsamen Rennen ein richtiges machen, denn das Pferd des Siegers kommt ja dann zuletzt ans Grab.«
»So einfach sind manche Rätsel im Leben zu lösen«, antwortete Oyano und grinste wie ein Schelm.
Doch dann wurde er ernst: »Meist hört die Geschichte damit auf, das Rätsel gelöst zu haben. Doch ich will dir erzählen, wie sie weiterging.« Der Märchenerzähler setzte sich auf eine steinerne Bank an der Hafenmauer.
»Nun saßen also die Brüder jeweils auf dem Pferd des anderen und galoppierten ihrem Ziel entgegen«, begann er und stopfte sich seine Pfeife. »Doch gegen Mittag schäumte das Pferd des jüngeren Bruders, denn es war eine andere Gangart

gewohnt. Und das Pferd des Älteren begann zu lahmen. Ein Dorn hatte sich durch seinen Huf gebohrt. Als nun die Brüder die Tiere zügelten und abstiegen, um sie zu schonen, sprachen sie zueinander: »Wir wollen heute Nacht hier rasten. Und morgen unsere Pferde antreiben, ohne dass wir auf ihnen sitzen. Dessen Pferd zum Grabmal läuft, der soll dort eine Stadt gründen und ein neues Reich. Der andere soll das alte Reich hüten und wahren.«

Und so, wie sie es besprachen am Abend, hielten sie es am Morgen«, schloss Oyano und klopfte seine Pfeife aus. »Lass uns weitergehen.«

In einer kleinen Seitenstraße, abseits vom lärmenden Trubel am Hafen, blieb der alte Märchenerzähler vor einem einfachen Gasthaus stehen. Durch die Fenster konnte man warmen Lampenschein sehen. Als Oyano die knarrende Türe öffnete und in den niedrigen Gastraum trat, war es einen Augenblick still wie in einer Grabeskammer.

Dann sagte eine Frauenstimme: »Das wurde nun aber auch wirklich Zeit, Oyano!«

»Enea!«, rief der Junge an der Seite des Märchenerzählers und lief los, sie zu umarmen. Auch Oyano drückte Enea an sich. »Schön dich zu hören und zu sehen. Es scheint dir gut zu gehen. Das freut mich! Ich dachte, wir seien auf Neumond verabredet. Bin ich nicht sogar vor der Zeit?«

»Du bist ein Haarspalter, Oyano«, entgegnete Enea und gab dem alten Märchenerzähler einen Kuss. »Ich bin froh, dass ihr endlich da seid. Schlechte Nachrichten hört man aus allen Provinzen des Reiches.«

Oyano nickte in die kleine Runde und seine Augen lächelten voll freudvoller Erinnerungen. Dann wandte er sich wieder Enea zu: »Was ist geschehen in Taragon? Dein Haus habe ich zerstört gefunden. Taina erzählte mir, es seien Soldaten des Königs gewesen!«

»Aaran hatte sich zu mir geflüchtet«, sagte Enea und streichelte über die Haare des Jungen, obgleich dieser schon fast einen Kopf größer gewachsen war als die Hüterin der Träume. »Es gibt immer jemanden, der seinen Mund nicht halten kann, wann es denn an der Zeit wäre. Ich hatte deutliche Träume, die Nächte zuvor. Deshalb machte ich mich auf den Weg. Und Aaran erklärte ich, wie er am besten auf die Uramar kommt und wie lange er sich versteckt halten soll, damit du ihn nicht über Bord wirfst.«

Scheinbar grimmig schnalzte der alte Märchenerzähler mit der Zunge: »Ja, da hat er wirklich Glück gehabt«, brummte er und gab dem Jungen einen kleinen Stoß mit der Faust. Dann fuhr er mit düsterer Stimme fort: »Wir wurden von Kriegsseglern verfolgt. Und Taina sagte mir, dass sie auch nach einem alten Buch gesucht hätten.«

»Das Buch...?«, riefen alle entsetzt.
»... ist in Sicherheit«, beruhigte Oyano die Runde. »Aber woher wissen sie ...?« Ogabu strich über seine dunkel glänzenende Glatze und sah beunruhigt von einem zum anderen.
»Sind wir eine Geheimgesellschaft?«, gab der Weise Akita zurück. »Und dass dieses Buch Begehrlichkeiten weckt, wundert es euch?«
Matetou, der Lederhäutige mit den zahllosen Lachfalten, Genscha, die Heilerin, Harena, die Tänzerin und Lisura, die Sternenäugige nickten zustimmend.
Tallus, der stiernackige Wirt, kam mit einer dampfenden Schüssel an den Tisch. Er stellte sie ab und bellte knappe Anweisungen an die Gehilfen, die mit Tellern, Brot, Gewürzen, Gläsern und Wein herbeieilten. Als alles zu seiner Zufriedenheit gerichtet war, umarmte er Oyano.
»Lang ist es her, dass wir uns zuletzt sahen«, sagte er ein wenig vorwurfsvoll.
»Und doch konnte ich den Geschmack deiner Fischsuppe auf meiner Zunge spüren, wann immer ich an dich dachte«, gab Oyano lachend zurück und versuchte, dem Wirt zur Begrüßung auf den Rücken zu klopfen, doch seine Arme reichten nur bis zu dessen Schulter.
Während sie aßen erzählte Oyano, weshalb er zur Zusammenkunft geladen hatte, und was er morgen Abend der großen Versammlung sagen

wollte. Er berichtete von seinen Entdeckungen im Buch der Wahren Namen und davon, was die Seuche der Kinderlosigkeit mit dem Erlöschen der Sterne gemeinsam hatte: »Die Elemente selbst verweigern uns das Leben und unser Himmel stirbt mit uns. In Nestras hatte die Seuche ihren Ursprung. Dort gilt es, nach einer Antwort zu suchen«, schloss er und strich nachdenklich mit einem Brotstück durch die längst leer gegessene Schüssel. »Alle müssen davon wissen und berichten in ihrer Heimat.«

Bis lange in die Nacht saßen sie, aßen, tranken dunklen Wein und beratschlagten, was man tun könnte und müsste. Dann aber redeten sie über das, was wirklich getan werden kann und muss.

Schließlich nickte Oyano.

»Ihr habt Recht, Freunde. Es ist an mir, nach Nestras zu gehen. Ich bin dort aufgewachsen, mein alter Lehrer lebte dort und mit der Uramar kann ich am Abend schon dort sein, während ihr in meinem Namen sprecht auf der großen Versammlung.«

»Ich werde mitgehen«, sagte Aaran bestimmt.

Enea wollte Einwände dagegen erheben, doch der alte Märchenerzähler nahm sie in den Arm, drückte sie und nickte dem Jungen zu.

»Lauf hinunter zum Segelmacher«, befahl er. »Du findest ihn neben der Lachmöwe, dort, wo Sunja ihre Geschichte erzählte. Weck ihn auf, falls er schon schläft. Grüße ihn von mir und bitte ihn, die Nähte der Segel zu prüfen. Schau nach den Wasserfässern und fülle sie. Am frühen Morgen werden wir ablegen.«

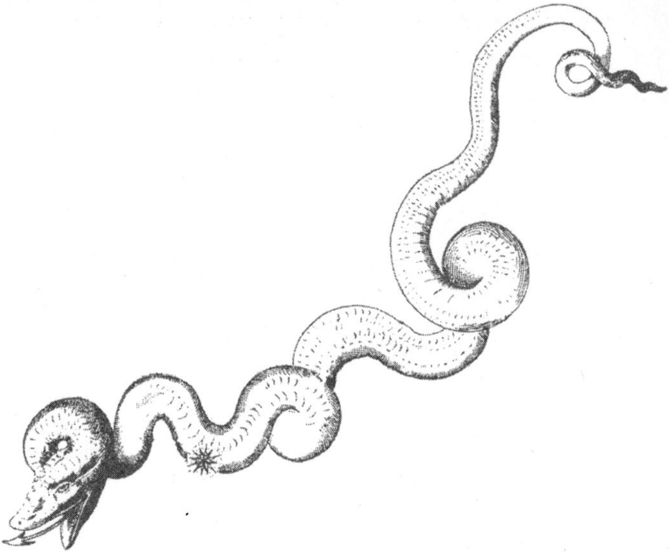

LOGBUCH DER URAMAR

Nachmittag nach Neumond
Nach einem ausgedehnten Frühstück in der »Lachmöwe« doch erst gegen Mittag ausgelaufen. Der Wind steht günstig und wenn mich Wellen, Wolken und Wind nicht täuschen werden wir am späten Abend in Nestras sein. Aaran steht am Ruder und starrt voraus, als ob er uns allein durch seinen Blick dem Ziel näher bringen könnte.
Sobald die Sonne untergegangen ist, wird sich die große Versammlung treffen. Ich kann mich kaum erin-

nern, ihr nicht beigewohnt zu haben in all den Jahren, die vergangen sind. Wie lange ist es her, dass ich nicht mehr in Nestras war?
Werde ich die Stadt noch kennen und die alten Orte finden?
Wir haben die Sonne im Rücken, Kurs Ost liegt an.
Noch immer habe ich kein Lachen gefunden im Gesicht des Jungen, nicht einmal, als er so unverhofft Enea wieder sah. Ich werde ihm ein Märchen erzählen, vielleicht bringt ihn das auf andere Gedanken.

Das verlorene Lachen

In jener Zeit – die es wohl auch heute noch gibt, für den der es versteht, sie zu sehen – in welcher das Wünschen noch geholfen hat, wurde einem Königspaar nach langen Jahren vergeblichen Hoffens endlich eine Prinzessin geboren.
Die stolzen Eltern freuten sich und luden die Ahnen, Freunde und Verwandten zu einem großen Fest. Alle, die eingeladen waren, kamen, brachten die besten Wünsche und die ausgesuchtesten Geschenke.
Kurz vor Mitternacht, als gegessen, getrunken, getanzt und gelacht worden war, öffnete sich mit lautem Getöse die breite Tür des Festsaales. Herein trat eine alte Frau mit grauem Umhang und böse verkniffenem Mund.
»Ich war euch wohl nicht fein genug für diese Gesellschaft!«, fuhr sie das Königspaar an. Die wichen erschrocken zurück, denn das Weib kam drohend auf sie zu. »So hört denn, was ich eurer frischen Brut für diesen Frevel nehmen will.«
»Nein«, flüsterte die Königin entsetzt und wollte die schlafende Prinzessin aus ihrem Bettchen holen. Doch sie kam zu spät. Die Alte hatte sich über das Kind gebeugt und fuhr ihr mit der linken

Hand über den Mund. Als sie die Hand öffnete, lag darin ein makelloser Bergkristall.

»Kein Lachen wird dir über die Lippen kommen in deinem Leben«, rief die Alte dem schlafenden Kind ins Gesicht, »denn nun ist es mein!« Dabei lachte sie so grässlich, dass alle im Saal froren, als würden sie mit Eiswasser übergossen.

Ehe sich jemand regen konnte, war die Alte verschwunden. Durch die offen stehenden Türen fauchte ein unwirscher Nachtwind in den Saal und löschte alle Fackeln bis auf eine, die im hintersten Winkel des Festsaals flackerte.

»Die Dunkelmär«, dem König stockte noch immer der Atem vor Grauen. »Wir haben vergessen, sie einzuladen.«

Die Königin war in eine bleiche Ohnmacht gefallen.

Was die Dunkelmär dem Kind an der Wiege prophezeit hatte, erfüllte sich und wurde Wirklichkeit. Die Prinzessin wuchs heran, doch in ihrem Leben gab es kein Lachen, kein Kichern oder mädchenhaftes Gickeln, nicht einmal ein kleines Schmunzeln oder Augenzwinkern.

Was hatten die besorgten Eltern nicht alles versucht. Heilkundige waren ins Schloss gekommen und Kräuterhexen, Beschwörer und Fluchbesprecher, Weise und weniger Weise. Keiner hatte etwas bewirken können.

Längst schon war die Prinzessin zu einer klugen

jungen Frau herangewachsen, deren Schönheit weit über die Grenzen des Landes hinaus gerühmt und besungen wurde. Eines Tages nun ließ sie verkünden, denjenigen zum Manne zu nehmen, der sie zum Lachen bringen könnte. Bei einem großen Fest im Schloss sollten die Bewerber ihr Glück versuchen.

Viele Prinzen und Fürstensöhne, aber auch einfache junge Männer kamen, und es gab allerhand zu staunen für alle im Schloss, denn die jungen Männer kamen auf die absonderlichsten Gedanken und Ideen, um der Prinzessin ein Lachen zu entlocken. Doch die saß auf ihrem Thron vor der Tribüne, und ihr Gesicht war ernster als bei einer Beerdigung und kein noch so kleines Funkeln fand einen Weg in ihre moosgrünen, traurigen Augen.

Alle Bewerber zogen davon, wie sie gekommen waren, und die Prinzessin blieb zurück, ohne ein einziges Lachen.

Faremi, ein junger Sänger mit krausen Wirbeln in den schwarzen Haaren, war gekommen, um der Prinzessin ein lustiges Lied zu singen zu seiner Harfe, die er einst bekommen hatte von seinem Großvater. Er hatte den fruchtlosen Bemühun-

gen der Prinzen und fein herausgeputzten Fürstensöhne zugesehen und dabei das Gesicht der Prinzessin gesehen. Fast wollte ihm das Herz zerspringen bei diesem Anblick, und er vergaß all seine Lieder.

Drei Tage und Nächte konnte er nicht essen und auch nicht schlafen. Der Sänger sah das traurige Gesicht der Prinzessin vor sich, wusste um die Schönheit, die darin verborgen lag, wenn nur der Strahl eines Lächelns diesen Augen das Licht des Lebens gegeben hätte.

Faremi blieb in der Stadt und ging zu den Ständen der Händler und Kräuterweiber auf dem Markt und fragte, was der Grund sein könnte für die Krankheit der Prinzessin. Er ging zu den Sterndeutern und in die Kneipen mit dem billigen Wein. Er trieb sich bei manch seltsamem Magier herum, und auch bei den Märchenerzählern konnte man ihn sehen. Und jede Nacht schlich Faremi zur Mauer des Schlosses und spielte auf seiner alten Harfe, bis die Wachen kamen und er fliehen musste. Ein Lied jedoch wollte ihm nicht mehr über die Lippen kommen, seit er die Prinzessin gesehen hatte.

Schließlich dachte der Sänger genug gehört und erfahren zu haben. Er wusste um die Vorkommnisse bei der Geburtstagsfeier der Prinzessin und beschloss, die Dunkelmär zu finden, um das geraubte Lachen zurückzuholen. Denn der Sänger

wollte nicht weiterleben ohne die Prinzessin an seiner Seite.
So machte sich Faremi auf den langen Weg zum Dunkelwald, in welchem die Dunkelmär hauste. Sieben Tage musste er gehen, hinaus aus dem Reich, über den Grenzfluss, hin zur Steppe bis zum Gebirge des ewigen Eises. Zu dessen Füßen lag der Dunkelwald. Ein Ort, den Menschen mieden, denn die Geschichten über ihn waren wie sein Name, düster und dunkel.
Doch der Sänger ohne Lied ließ sich davon nicht abhalten. Er nahm seine Harfe vom Rücken und spielte eine beherzte Melodie während er in den Dunkelwald hineinging. Bald schon war es so finster wie in einer Grabkammer. Schemen huschten zwischen den dunklen Schatten der Baumstämme. Flüstern und Knistern, Wispern und Raunen begleiteten seine Schritte. Dann wurde es mit einem Male totenstill. Ein furchtbarer Dämon stellte sich dem jungen Sänger in den Weg. Doch der zuckte nicht einmal zusammen.
Verwundert rief der Dämon: »Warum erschrickst du nicht vor mir und nimmst Reißaus?«
Der Sänger antwortete: »Ich habe ein Gesicht gesehen, das noch niemals gelacht hat. Wie sollte mich da dein Anblick schrecken?« Und dabei hielt er nicht inne, auf seiner Harfe zu spielen.
Da sank der Dämon zusammen, schrumpelte und

schrumpfte, bis er schließlich ganz verschwunden war. Wenig später stellte sich dem Sänger ein zweiter Dämon in den Weg, größer und schrecklicher, als ihn jemals zuvor ein Mensch erblickt hatte. Doch wieder ging Faremi ruhigen Schrittes weiter.

»Wer bist du, dass dir nicht die Zähne klappern vor Entsetzen?«, brüllte der Dämon so laut, dass sich die Wipfel der Bäume bis auf den Waldboden bogen.

»Ich habe einen Mund gesehen, der noch nie gelacht hat«, antwortete Faremi. »Wie sollte mich da dein Anblick schrecken?« Und dazu spielte er auf seiner Harfe.

Da verpuffte auch dieser Dämon mit einem Seufzen, wurde durchsichtig, verschwand und gab den Weg frei.

Schlag Mitternacht jedoch erschien ein dritter Dämon. So Furcht erregend und schrecklich war der anzuschauen, dass die meisten Menschen wohl lieber erblindet wären, als diesen Anblick auszuhalten.

Wieder zuckte Faremi nicht zusammen, und der Dämon rief erstaunt: »Wer bist du, dass du nicht niederfällst bei meinem Anblick?«

»Ich habe in Augen gesehen, in denen noch nie der Funke der Freude leuchtete«, antwortete der Sänger. »Wie sollte mich dein Anblick schrecken?«

Und wieder unterbrach Faremi sein Harfenspiel nicht.
Da verschwand auch der dritte Dämon, und der Sänger stand vor dem Haus der Dunkelmär. Aus dem Innern drang Lichtschein und so klopfte Faremi an die schwarze Tür, in welche seltsame Ornamente und Figuren geschnitzt waren.
»Komm nur herein«, rief eine dunkle Stimme. »Musikanten sind hier immer willkommen.«
Vorsichtig öffnete Faremi die Tür. Als er in das Haus trat, schaute er erstaunt. Ihm war berichtet worden, die Dunkelmär sei eine alte, abgrundtief hässliche Hexe. Doch ihm stand eine junge Frau gegenüber, deren düstere Augen nicht in ein solch junges Gesicht passten.
Der Sänger grüßte höflich und nannte seinen Namen. Dann sprach er: »Ich suche die Dunkelmär. Kannst du mir sagen, wo sie ist?«
»Ich bin die Dunkelmär«, bekam er zur Antwort, und die Stimme der so jung scheinenden Frau klang alt, wie die Zeit selbst. »Wie hast du meine Wächter überwunden?«
Faremi wunderte sich zwar nicht wenig über das Aussehen der Dunkelmär, doch er erzählte sein Woher und Weshalb.
Die Dunkelmär schüttelte den Kopf, als er geendet hatte: »Selbst wenn ich wollte, könnte ich dir das Lachen der Prinzessin nicht geben, denn ich

habe es eingetauscht. Wenn ich diesen Handel nur rückgängig machen könnte!«
»Aber, wo ist das Lachen der Prinzessin nun?«, drängte der Sänger aufgeregt.
»Ich habe es dem Drachen gegeben«, bekam er Auskunft. »Im Tausch dafür erhielt ich die ewige Jugend, die ich nun nicht länger ertragen will und kann.«
Der Sänger blieb bei der Dunkelmär über die Nacht. Nach dem gemeinsamen Mahl spielte er ihr auf seiner Harfe und erzählte, er habe all seine Lieder verloren, seit er das Gesicht der Prinzessin gesehen hätte.
»Du wirst deine Lieder wieder finden, sobald du das Lachen gefunden hast«, beruhigte die Dunkelmär den Sänger. »Und wenn du es dem Drachen genommen hast, wird die Last der ewigen Jugend endlich wieder von mir fallen.«
Sie beschrieb Faremi den Weg zum Drachenhorst, enthüllte ihm, dass das Lachen der Prinzessin in einem Bergkristall gefangen sei, und ermahnte ihn, sich zu beeilen. Denn wie auf allen Edelsteinen, die er raubt, brütet der Drachen auch auf dem Bergkristall, in welchem das Lachen der Prinzessin gefangen ist. Irgendwann wird er aufspringen. Dann kann der Drachen das Lachen der Prinzessin fressen und niemand wird es jemals wieder gewinnen können.
»Du darfst ihm erst in die Augen sehen, wenn

du ihn bei seinem wahren Namen gerufen hast«, warnte die Dunkelmär den Sänger beim Abschied, »denn sonst ist es um dich geschehen.«
Den wahren Namen des Drachen aber hatte die Dunkelmär dem Sänger anvertraut.
Der Sänger nickte und dankte der Dunkelmär. Dann stieg er in das eisige Gebirge. Den ganzen Tag und eine lange Nacht. Als der Morgen graute, war er am Drachenhorst. Das Untier darin war riesig. Unter seinem schuppigen Leib konnte der Sänger unzählige Achate, Smaragde, Diamanten, Lapislazuli, Sternsteine, Mondsteine, Märchenringe und viele andere Edelsteine und Schätze sehen. Wie die ungelebten Funken unzähliger Leben blinkte, glitzerte und funkelte es unter dem Drachen.
»Welch ein Schatz in dieser eisigen Einöde«, murmelte Faremi erschöpft vom langen, kalten Aufstieg. »Wie soll ich da das Lachen der Prinzessin finden?«
Schon dieses Flüstern ließ den Drachen erwachen, und das Gebirge bebte, als er sich regte und den Sänger anfauchte mit versengendem Atem.
Auf den guten Rat der Dunkelmär hin vermied er den Blick des Drachen.
Mit niedergeschlagenen Augen rief Faremi den Namen des Drachen, wie er in der Sprache des Ursprungs lautet.

Der Drachen begann zu schnauben und dicke schwarze Rauchwolken strömten aus seinen Nüstern. Kraftlos sank er wieder nieder in seinen Horst.

»Ich muss dir nun gehorchen. Aber in der Neumondnacht wirst du meinen Ruf hören«, grollte er mit heißem Atem. »Sag was du verlangst.«

»Gib mir das Lachen der Prinzessin«, forderte der Sänger. Und der Drache war ihm zu Willen, denn Faremi hatte ihn mit seinem wahren Namen gerufen. Er reichte dem Sänger einen makellosen Bergkristall, der sich warm anfühlte in seiner Hand und zerbrechlich schien.

»Wir werden uns wieder sehen, und dann werde ich den Kampf gewinnen!«, grollte der Drache dem davoneilenden Faremi nach.

Den Sänger schauderte, als er dies hörte. Doch er ließ seine Angst hinter sich und lief so schnell er konnte. Er fand seinen Weg durch den Dunkelwald und eilte über die heiße Steppe, hin zum Grenzfluss.

Nach fünf Tagen stand er am Abend endlich vor der Mauer des Schlosses. Sein Herz pochte in auf-

geregtem Takt und sein Mund war durch das angestrengte Laufen ganz trocken.
Vorsichtig legte er den Bergkristall auf einen Stein, nahm seine Harfe und spielte wie in den Nächten, bevor er sich auf den Weg zur Dunkelmär gemacht hatte. Es dauerte nicht lange, bis ein kleines Fenster geöffnet wurde. Auch das sanfte Licht des Mondes konnte nicht verbergen, dass Augen und Mund in diesem Gesicht noch niemals gelacht hatten.
»Ich habe dich lange nicht gehört«, sagte die Prinzessin. Und es schien Faremi fast, als ob ein kleiner Vorwurf in ihrer Stimme lag.
»Ich habe nach deinem Lachen gesucht und es gefunden«, antwortete der Sänger und seine Finger strichen wie von selbst über die Harfe, während sich in seinem Innern ein Lied seinen Weg zu suchen begann.
Da lief die Prinzessin so schnell sie konnte, drückte die Zofen und Lakeien beiseite, die versuchten, ihr einzureden, sie sei nicht schicklich gekleidet. Sie hastete die vielen Treppen hinunter, über den großen Schlosshof durch das Tor. Schrie dort die Wachen an, die versuchten sich ihr in den Weg zu stellen, eilte dann über die Zugbrücke des Schlossgrabens hin zu dem kleinen, verwilderten Weg, der zu dem jungen Sänger führte und zu dem Kristall, in welchem ihr gefangenes Lachen laut nach ihr gerufen hatte.

Als die Prinzessin den Bergkristall behutsam in ihre Hände nahm, brach dieser mit leisem Kna-

cken auseinander. Wie ein nasstauer, bunter Schmetterling breitete das Lachen der Prinzessin seine Flügel aus und begann aus dem Kristall zu wachsen. Es schwebte empor und ein ums andere Mal um die verdutzte Prinzessin herum, bis es sie umschwirrte, wie seidiger Samen von Löwenzahn im Sommer.

Im Bauch der Prinzessin begann es ungewohnt zu glucksen. Sie war sich sicher, dass sie auf der Stelle einen schrecklichen Schluckauf bekommen würde. Doch was sie nicht unterdrücken konnte, war ein emporquellendes Gickeln und Kichern, das von einer kreisenden Pfauenfeder in ihrem Bauchnabel herrührte, ein strahlender Regenbogen, der in ihren verdutzten Augen glänzte. Und dann prustete die Prinzessin lachend los, dass die atemlosen Wächter, die ihr nachgerannt waren, erschrocken zurückstolperten. Und mit dem Lachen der Prinzessin hatte der Sänger seine vergessenen Lieder wieder gefunden. Er sang, und die Prinzessin tanzte und lachte, bis das ganze Schloss, König und Königin staunend zusammengelaufen waren.

»In drei Wochen soll die Hochzeit sein!«, rief der

König laut vor Freude, seine Tochter endlich lachend zu sehen. »Schreibt die Einladungen und bereitet alles vor!«

Wie der König es befohlen hatte, geschah es. Doch wenn Faremi nicht darauf bestanden hätte, wäre die Dunkelmär nicht eingeladen worden zur Hochzeit.

»Sie hat meiner Tochter das Lachen genommen«, grollte der König mit zusammengepressten Lippen.

»Aber mir hat sie gesagt, wie ich es wieder erringen kann!«, gab Faremi so bestimmt zurück, dass der König schließlich doch einwilligte.

So wurde auch die Dunkelmär in geziemender Art und Weise eingeladen zu der Hochzeit. Wie die meisten anderen Gäste auch, kam sie schon am Abend zuvor ins Schloss, denn die Zeremonie sollte am nächsten Morgen bei Sonnenaufgang beginnen.

Der König und die Königin vermieden es, der Dunkelmär zu begegnen. Sie klagten über Kopfschmerzen und waren zeitig zu Bett gegangen. Aber Faremi empfing die Dunkelmär mit allen Ehren, bat sie an den Tisch, wo er mit der Prinzessin saß. Er reichte ihr die Speisen und schenkte ihr vom besten Wein ein, den der Kellermeister in seinen Fässern hütete. Als sie gegessen und getrunken hatten, sagte er: »Heute, in der Neumondnacht, wird der Drache über dem Schloss schweben und mich rufen. Was soll ich tun? Weißt du mir Rat?«

Die Dunkelmär schaute mit faltigem Blick nach der Prinzessin, die ihr gegenübersaß. »Einst habe ich dir das Lachen genommen, weil ich nicht eingeladen wurde zur Feier deiner Geburt«, murmelte sie mit einem Blick, der trüber war als der undurchsichtigste Morgen im Spätherbst. »Doch wer mir Ehre erweist, dem gebe ich gerne guten Rat.«

Sie nahm die linke Hand Faremis und die der Prinzessin und legte sie zusammen. »Wenn der Drache kommt, heute Nacht«, sprach sie, »vereint die Hälften des Kristalls. Wenn er sich zusammenfügt in euren Händen, wird der Drache fliehen.«

So wie die Dunkelmär geraten hatte, saßen die Prinzessin und Faremi in der dunkelsten Stunde der Neumondnacht nebeneinander auf dem höchsten Turm des Schlosses. Dunkle Wolken jagten über den Himmel und die *Große Schlange* schien giftzahnfletschend darüber hinzujagen. Doch als der Drache erschien, löschten seine mächtigen dunklen Schwingen auch das letzte Funkeln der Sterne.

Der Ruf des Drachen war mächtig und voll unerfüllter Sehnsucht, und in dem Sänger erwachte der Wunsch, ihm zu folgen, wohin er ihn auch führen möge. Doch da schloss sich die Hand der

Prinzessin um die seine. Und sie hielt eine Hälfte des Bergkristalls in Händen und er die andere. Als der Sänger und die Prinzessin ihre Hände aneinander drückten, knackte es laut und es wurde so heiß, dass sie ihre Hände öffneten. Darin lag ein leuchtend klarer Bergkristall, der seine Blitze dem angreifenden Drachen entgegenschleuderte. Der floh mit feurigem Atem und flog in einer trudelnden Spirale davon zu seinem Horst im eisigen Gebirge über dem Dunkelwald.

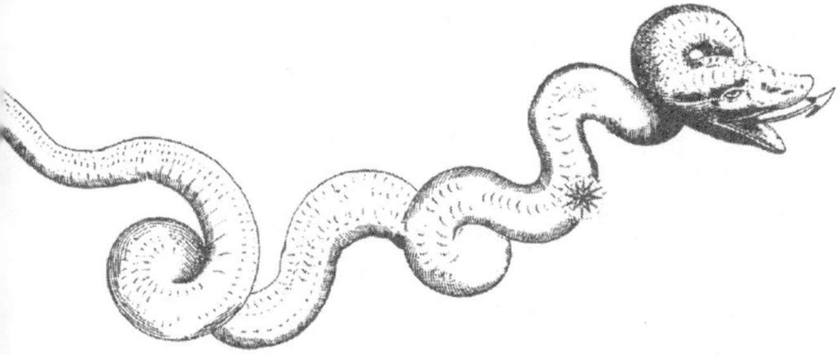

Die dunklen Wolken brachen auf und die Augen der *Großen Schlange* leuchteten wieder voller Weisheit.
Und der *Wanderer* schritt festen Trittes weiter und ließ seine Hunde an langer Leine spielen.

Kaum hatte Oyano das Ende seines Märchens gefunden, tauchten vor ihnen, gerade über der Kimm, wohlvertraute Mastspitzen aus dem Meer.

»Da scheint es noch jemand eilig zu haben, nach Nestras zu kommen«, murmelte Oyano. »Doch dieses Mal sind wir die Verfolger.«

Er drehte bei und barg die farbenfrohen Segel der Uramar. »Die Sonne steht hinter uns. Noch sehen sie uns nicht«, erklärte er dem Jungen, während er das weiße Tuch eines Kauffahrers aufzog und die Segel anders anordnete und vertäute. »So werden sie uns erst sehr spät erkennen.«

Aaran stand am Ruder, das Fernrohr am Auge. Mit angespannter Stimme rief er: »Nach dem Wimpel am Mast ist es der Seefalke, das Schiff des Admirals. Er ist der treueste Soldat des Kanzlers.«

Nach einiger Zeit hatte der Ausguck des Seefalken wohl die Uramar bemerkt, denn von dort blitzten die Signale eines Spiegels.

»Aber ja doch«, lächelte Oyano vor sich hin, als sie endeten. Er nahm einen vielfarbigen Wimpel aus einem zugeschnürten Beutel, das Zeichen der Kaufleute von Coréon und zog ihn neben dem Mast in die Höhe. »Den habe ich mir redlich erworben«, sagte Oyano, als er das erstaunte Gesicht Aarans sah.

Wieder blinkte der Spiegel in einer schnellen Folge im Licht der Sonne.

»Sie wollen unsere Ladung überprüfen. Wir sollen längsseits festmachen«, übersetzte der alte Märchenerzähler die Spiegelsignale.

»Ich verstehe diese Zeichen sehr wohl«, gab Aaran beunruhigt zurück. »Was sollen wir nun tun?«

»Wir lassen sie glauben, dass wir ihrem Befehl folgen«, sagte Oyano und stieg den Niedergang hinunter in den Bauch der Uramar. Mit einem zusammengerollten Tau kam er wieder zurück. Nachdem er ein Ende an der Uramar befestigt hatte, warf er den Rest ins Meer, sodass es in einer langen Linie hinter ihnen hergezogen wurde. Verständnislos beobachtete der Junge das Tun des alten Märchenerzählers.

Oyano nickte zufrieden und sagte dann: »Ich habe dieses Tau von den Kaufleuten Coréons. Es ist sehr nützlich bei schwierigen Anlegemanövern, da sich sein loses Ende immer um das Nächstbeste knotet, das ihm Widerstand bietet.

Nun will ich sehen, ob sein Zauber auch im Wasser wirkt.«

Aaran runzelte wortlos die Stirn und wartete auf weitere Erklärungen.

»Wenn wir dicht genug hinter dem Seefalken vorbeifahren, ist das Nächstbeste für das Tau das Ruderblatt des Kriegsseglers. Wenn der Zauber wirkt, wird es sich fest um es knoten. Und wir werden es mit der Kraft des Windes in unseren Segeln abbrechen. Sie werden Tage zu tun haben, den Schaden zu beheben.«

Gelassen beobachtete der alte Märchenerzähler das Schiff des Admirals, das beigedreht auf die unter vollen Segeln heranfliegende Uramar wartete. Die Soldaten johlten, als sie das Schiff des alten Märchenerzählers schließlich erkannten. Doch sie schrien wütend auf, als sie bemerkten, dass die Uramar keineswegs gewillt war, längsseits am Seefalken festzumachen. Der Admiral brüllte aufgeregte Befehle, aber es war zu spät, sie zu befolgen.

Ein heftiger Ruck ließ die Uramar bis hinauf zur Mastspitze zittern. Der Wind jedoch hatte ihre Segel zum Äußersten gebläht und seine Kraft zwang die Uramar weiter. Die Besatzung des Seefalken torkelte über das plötzlich schiefe Deck. Holz splitterte, das abgerissene Ruderblatt tauchte schäumend aus den Wellen und wurde von der Uramar fortgezogen.

Der alte Märchenerzähler lächelte grimmig und

meinte verschmitzt. »Ein Schiff ohne Ruder, ist so viel wert, wie ein Wagen ohne Rad.«
Und endlich stieg die angespannte Erregung Aarans in einem befreienden Lachen über das Meer: »Es hat geklappt!«, rief er erleichtert, tanzte auf dem Achterdeck der Uramar, schnitt Grimassen in Richtung des zurückbleibenden Seefalken und lachte laut.
Die Segel der Uramar blähten sich mächtig und schon bald war der Kriegssegler nicht mehr zu sehen. Als es dunkel geworden war, konnte man weit in der Ferne den Schein des Hafenfeuers von Nestras erahnen. Oyano hatte das Ruder festgebunden, lehnte sich zurück und begann, seine Pfeife zu stopfen. Alle hatten sich versammelt am wolkenlosen Himmel: Der *Wanderer* stieg empor, hinauf in die Nacht, die *Große Schlange* verfolgt von *Pfeil und Bogen*, die schief hängende *Waage*, das *Chamäleon* und viele mehr.
»Woher kommt das alles?«, murmelte Aaran, der neben dem alten Märchenerzähler saß und seinem Blick folgte. »Die Sterne, der Himmel, das Meer, Berge, Flüsse, das Leben?«
Oyano entzündete seine Pfeife, zog bedächtig, bis sich die Glut eingenistet hatte im dunklen Tabak. »Finde heraus, woher deine Frage kommt«, sagte er, »dann hast du die Antwort.«
Während den verbleibenden Stunden bis Nestras dösten der alte Märchenerzähler und der Junge im

Rhythmus des Meeres und sahen hinauf zu den Sternen, deren Leuchten an Kraft verlor. Nacht um Nacht. Der *Wanderer* schritt schon wieder den Himmel hinab, als der alte Märchenerzähler und Aaran die Uramar im Hafen von Nestras vertäuten und dann erschöpft schliefen, froh im sicheren Hafen zu sein.

Der Kreis des Lebens

Eine Stille lag über Nestras, der alten Königsstadt und all den umliegenden Ländereien. Eine Stille, so tief und ohne Widerspruch, als würde ein Herrschergeschlecht zu Grabe getragen. Die Stille aber kam aus den Herzen der Menschen, denn seit vielen Jahren war in Nestras kein Kind mehr geboren worden.

Wie Heuschrecken waren Schwärme von Wunderheilern, Hexen, Magier und Quacksalber, deren Versprechen gerade so lange hielten, bis sie die Stadttore wieder hinter sich hatten, in die Stadt eingefallen, um ihre Beschwörungsdienste anzubieten. Sie verbrannten Mistelzweige auf den Türmen der Stadt und den umliegenden Bergen, empfahlen das alte Hausmittel der Jungfrauenverbrennung ebenso wie die Schöße aller gebärfähigen Frauen in Rosenwasser zu baden.

Allein der erlösende Schrei, der Schrei eines Neugeborenen, erklang nicht. Aus keiner Hütte und aus keinem Palast.

Selbst das fahrende Volk, dessen Kindersegen sprichwörtlich war, beklagte seine Kinderlosigkeit inzwischen mehr als seine Armut.

Als nun die Zeit dafür reif war, ließ der König

den Prinzen zu sich kommen und sprach: »Aaran, mein Sohn, vergiss die Spiele deiner Kindheit, nimm mein Schwert und lass dir vom Kanzler zeigen, was du brauchst, um König zu sein.«

Zu früheren Zeiten, so war dem Prinzen erzählt worden, war sein Vater ein großer Held gewesen und hatte die Nachbarreiche in Schutt und Asche gelegt. Das eigene leider auch. Davon jedoch wurde nur hinter vorgehaltener Hand geflüstert. Der Vater seines Vaters war ein noch größerer Held gewesen, denn er hatte nicht geruht, bis die guten wie die bösen Geister aus den Herzen der Menschen gebrannt waren, mit einem magischen Kreuz aus kaltem Metall.

Und dessen Vater hatte noch nicht einmal ein Schwert benötigt, um riesige Drachen wie Blindschleichen zu erwürgen und die dazugehörenden Jungfrauen zu befreien.

Aaran sah auf seinen Vater und den Kanzler, der in gespielter Höflichkeit neben dem Thron stand, den er gerne selbst bestiegen hätte.

Laut rief der Prinz dann: »Ich mag dein Schwert nicht führen. Und von diesem Kanzler will ich nichts lernen!«

Er war aus dem Saal gelaufen und seither nicht mehr gesehen worden, obwohl Soldaten ihn suchten im ganzen Reich.

Einige Monde nach diesem Zwischenfall legte Oyano im Hafen von Nestras an. Mit auf dem Schiff fuhr ein Junge, auf dessen Wangen sich der erste Flaum seinen stoppeligen Weg bahnte. Es war Aaran, der Prinz. Als blinder Passagier hatte er sich an Bord der Uramar geschmuggelt, um den Soldaten des Königs zu entkommen. Doch dies ist eine andere Geschichte, die an anderer Stelle erzählt werden soll.

Der Junge blieb auf dem Schiff im Hafen, während Oyano zu den Wachen an der Stadtmauer ging.

»Wer bist du und was hast du hier zu tun?«, wollten diese wissen.

Oyano gab Auskunft.

»Märchen brauchen wir schon lange nicht mehr hier! Und alte Männer haben wir mehr als genug!«, meinten sie.

»Ich will euch eine kleine Geschichte erzählen«, sagte Oyano.

Das Vorbild

Es war einmal ein reicher Kaufmann, dessen Vater in einer schäbigen Hütte nahe des Abwasserkanals wohnte und nicht wusste, ob er etwas zu essen haben würde am nächsten Tag.
Als die bittere Faust des Winters die Stadt in ihrem Bann hielt, ging der Sohn des reichen Mannes zum Schlittschuhlaufen und kam an der schäbigen Hütte seines Großvaters vorbei. Dünner Rauch kringelte sich dürftig aus dem zusammengeflickten Kamin der Hütte. Der Junge ging hinein und sah seinen Großvater frierend am alten Ofen sitzen. Kaum dass die Lumpen seine Blößen bedeckten. Da lief der Junge so schnell er konnte heim zu seinem Vater und erzählte ihm, was er gesehen hatte.
Der reiche Kaufmann war mitten in Geschäften. Er deutete auf einen alten, schon löchrigen Umhang, der in einer Ecke auf dem Boden lag. »Nimm den«, rief er, »und bring ihn deinem Großvater, damit er sich wärmen kann.«
Da nahm der Junge sein Messer und schnitt den Umhang in der Mitte durch.
»Was tust du da?«, rief sein Vater.
»Ich teile den Umhang«, sagte der Junge. »Die

eine Hälfte will ich deinem frierenden Vater geben und die andere aufbewahren für dich, wenn du einmal alt bist und frierst.«

Der alte Märchenerzähler sah ernst in die verdutzten Gesichter der Wächter, die zur Seite getreten waren. »Denkt daran, wenn ihr einmal Zeit zum Denken findet«, sagte er und ging hinein in die alte Königsstadt.

In den Handwerksbetrieben hämmerte, rasselte und klopfte es, und die Essen der Schmiede verpesteten mit keuchendem Atem die Luft. Doch schon bald spürte Oyano trotz all des geschäftigen Lärmens eine eigenartige Stille.

Zwar war der große Platz vor dem Schloss von hin und her hastenden Menschen gefüllt, aber man hörte kaum Stimmen, nicht das Gezeter der Marktweiber, nicht den durchdringenden Ruf von Händlern.

Vor allem aber keine Kinderstimmen.

Als Oyano eine Weile den eigenartigen Eindrücken nachgespürt und unter all den Menschen lange allein gesessen hatte, kletterte ein Herold des Königs auf ein Podest und verkündete, dass der alte König krank sei und sich entschlossen habe, demjenigen das Reich zu geben, der ihm den besten Rat wüsste gegen die Seuche der Kinderlosigkeit. In der nächsten Vollmondnacht sollten hier auf dem Königsplatz alle gehört werden, die etwas dazu zu sagen hätten.

Der alte Märchenerzähler verließ die Königsstadt nach Osten hin, in Richtung der Waldberge. Über dem Meer war der Himmel kobaltblau. Hoch oben standen die großen Kreuze der Seeadler. Oyano versuchte aus ihrer Stellung zueinander etwas zu lesen, aber die Botschaft war verworren. Der Fluss, dem er folgte, sprach schon deutlicher, wenngleich mit schwerer Zunge, wie nach großer Erschöpfung. Oyano sah dunkles, übel riechendes Wasser, das aus den Hütten und Häusern in den Fluss sickerte.

»Man ist nicht gut zu dem Fluss«, murmelte er und betrachtete einen Fischreiher, dem das Schmutzwasser das Gefieder verklebt hatte.

Die Blätter der Bäume neben den Schmieden waren kränklich zusammengerollt, als wollten sie sich vor der Unbill des Lebens schützen.

Erst als der Fluss zum Bach wurde, in den oberen Regionen der Waldberge, wurde das Wasser klarer und der Murmelstimme des Wassers fehlte der schwere, leidende Ton.

Oyano legte sein Gewand ab und ließ seinen Leib von dem prickelnd frischen Wasser überrieseln. Dann tauchte er unter, sodass die Flut sein nebelgraues Haar verwirbelte als wären es Wasserlilien. Und unter Wasser sprach er, dass nur die Fische ihn hätten verstehen können:

»Sprich zu mir Element
Wasser, das die Wahrheit kennt.
Spreche mir von jener Last,
die nach der Menschen Herzen fasst.«

Prustend tauchte der alte Märchenerzähler wieder auf, warf seine klatschnasse Mähne in den Nacken und rieb sich das Wasser aus den Augen. »Ich werde allmählich zu alt für diese Übung«, hustete er.

Aber ehe er noch weitere Gedanken an die Schärfe des Zahns der Zeit vergeuden konnte, vernahm er ein Brausen im Bach, als hätte das Wasser einen großen Schluck Luft getrunken. Eine grünhäutige, spitzbrüstige Wassernymphe erhob sich aus dem Nass. In ihr Haar war Igelkolben, Kalla und Wasserstern geflochten, sonst trug sie nichts als eine unbestimmte Zahl von Wassertropfen.

Halt, nein!

Oyano entging nicht, dass das Wasserwesen wohl an die drei Dutzend Häuschen kleiner Posthornschnecken in das silberweiße Dreieck unter ihrem Nabel geflochten hatte.

(Auch alte Märchenerzähler bleiben Männer)

»Du willst wissen, warum die Menschen in den Tälern mit Kummer und Kinderlosigkeit geschlagen sind?«, zirpte die Nymphe und bespritzte sich dabei unablässig mit Wasser.

»Ja«, gab Oyano zurück und lächelte seinen aufblühenden Gedanken nachsichtig hinterher.

»Wer nicht mehr sieht, woher das Leben kommt, dem vertrocknen die Lenden und seine Sterne erlöschen«, bekam er zur Antwort.
»Was kann man tun, wer kann es wenden?«, rief Oyano der schon wieder versinkenden Nymphe nach.
»Ich hörte, einer müsste kommen und in den Kreis des Lebens treten. Dort bekommt er Rat.«
Wo noch eben die Stupsnase der Nymphe über den Wasserspiegel ragte, waren nurmehr silbrige Ringe.
»Nicht eben erschöpfend die Auskunft«, murmelte Oyano und lenkte seine Schritte wieder talwärts. Vorbei an den Mühlen und Schmieden, den schmutzigen Sickerströmen und Feuern der Bauern, die neues Land gewinnen wollten.
Auf dem Platz vor dem Schloss hatte man einen Berg aus Früchten, Fleisch und Korn zusammengetragen, um alles unter Gesang und schwermütigem Getanze den Göttern der Fruchtbarkeit zu opfern. Der alte Märchenerzähler schaute sich das Treiben, dem jede Fröhlichkeit fehlte, eine Weile an.
»Toren!«, murmelte er, »von all dem haben doch die Götter im Überfluss.«
Regen hatte eingesetzt und der Mittag verschwand unter schmutzig grauem Wolkengekröse. Regenwolken schleiften mit dicken Bäuchen über die Erde. Oyano ging nach Westen, hin

zum Meer. Er sah die unzähligen Kamine der Häuser, die fauchenden Schmiedefeuer und den schwarz wirbelnden Qualm, der in den verhangenen Himmel stieg. Auf der äußersten Spitze der Klippen prüfte er mit dem Zeigefinger den Wind und sprach leise, fast tonlos:

»Sprich zu mir Element
Luft, die alle Wahrheit kennt,
spreche mir von jener Last,
die nach der Menschen Herzen fasst.«

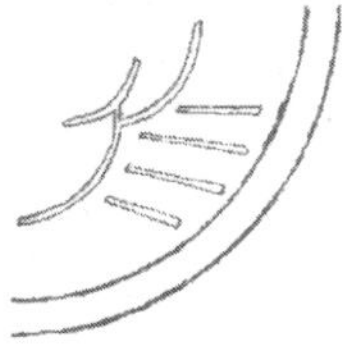

Und ehe Oyano den Spruch noch ganz zu Ende gesagt hatte, wirbelte eine Wolke zu ihm vom Meer heran, regenschwer und schwarzblau. Unablässig wandelte sich das Bild, so wie aufschlagende Sahne sich gegenseitig ständig neue Formen überstülpt. Schließlich schälte sich aus dem Gebrodel das Haupt eines Riesen, dessen Augen Oyano anblitzten, während seine Haare die Bergspitzen verhängten und gleichzeitig über die davonfliegenden Wellenfetzen flatterten.

»Wer den Atem der Winde vergiftet, dessen Leben erstickt und seine Sterne auch! Braucht die Luft den Menschen?«, grollte der Riese und dann verwirbelte sich schon wieder seine Form.

»Was kann man tun, wer kann es wenden?«, rief Oyano hastig.

»Ich hörte, einer müsste wagen, in den Kreis des Lebens zu treten. Dort gibt es Rat.«

Bei den letzten Worten hatte sich der Riese in

einen dampfenden Wolkenbrei aufgelöst und Oyano stand allein, frierend, klamm und nachdenklich auf der Klippe.

Die Begegnung mit den Erdgeistern fiel undramatischer aus. Im Wurzelwerk einer sehr alten Eiche ließ sich Oyano von einem graubärtigen Gnom berichten, dass Mutter Erde sich zurückgezogen habe in ihre Tiefen, vor all der Missachtung der Menschen.

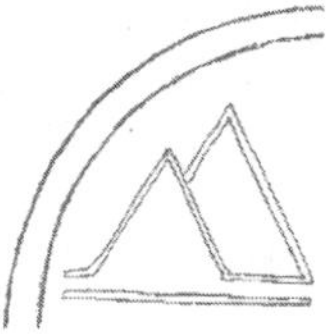

»Weiß noch einer, was ihn täglich nährt und auch geboren hat? Schaut noch einer nach dem Großen Gleichgewicht?«, rief der alterslose Gnom entrüstet.

Der Retter, wenn es denn noch etwas zu retten gäbe, müsste in den Kreis des Lebens treten, um dort Rat zu bekommen.

Der alte Märchenerzähler ging am Abend auf die Lichtung eines kleinen Waldes, sammelte dort trockenes Holz und schichtete im Schein der untergehenden Sonne ein kleines Feuer auf. Er griff sich zwei brennende Zweige und schrieb leuchtende Kreise mit ihnen in die Nacht.

»Sprich zu mir Element
Feuer, das alle Wahrheit kennt,
spreche mir von jener Last,
die nach der Menschen Herzen fasst.«

Als Oyano die brennenden Zweige gekreuzt in die Erde steckte, wirbelte ein rot gleißender Funke

empor und daraus sprach eine heißere Stimme: »Nicht viele sprechen diese Sprache. Die meisten verbrennen beim Versuch, sich darin zu üben.«
»Auch ich habe Brandwunden davongetragen«, gab der Märchenerzähler zurück. »Sprich zu mir.«
»Die Flammen brennen zu heiß, die Feuer lodern zu hoch«, knisterte und knackte es in glostenden Ästen und Zweigen. »Wer schon will sich selbst verbrennen? So wie es die Menschen tun?«
Der feurige Funke begann in sich selbst zu versinken und im beginnenden Schwarz zu verlöschen.
»Was kann man tun, wer kann es wenden?«, rief Oyano schnell.
»Im Kreis des Lebens gibt es Rat«, flüsterte es mit einem verzischenden Seufzen. Fauchend stoben einige Funken aus den brennenden Zweigen.
Doch bevor sie Löcher in Oyanos Umhang brennen konnten, hatte der Märchenerzähler sie mit einer beiläufigen Handbewegung weggewedelt. Aus dem verlöschenden Feuer erklang ein leises Lachen.
Auch Oyano lächelte, als er zurückging und Aaran, dem Prinzen, erzählte, was der Herold verkündet hatte, und was er in Erfahrung gebracht hatte bei den Elementen.
»Meine Lehrer erzählten mir, dass nur weise Männer und Frauen den Kreis des Lebens betreten dürfen, denn wer ihn betritt, ohne das geheime Wissen zu haben, wird keine Antwort fin-

den, sondern sich darin verlieren und seinen Geist verwirren«, sagte der Junge.
»So, so«, brummte Oyano, »sagten sie das.« Er kramte nach seiner Pfeife.
»Bist du vielleicht anderer Ansicht?«, brauste Aaran auf.
Der alte Märchenerzähler schwieg, bis sein Tabakbeutel wieder in einer der Taschen des Umhangs verschwunden war.
»Ja«, nickte er dann. »Es wird ein gewaltiger Zauber darum gemacht«, brummte er, während er seine Pfeife entzündete. »Der Kreis des Lebens ist ein alter Platz der Weisheit. Wer hingeht wird dort finden, was das Leben für ihn bereithält. Nicht mehr und nicht weniger.«
»Aber das geheime Wissen?«, wandte Aaran ein.
»Wenn dir einer was von geheimem Wissen erzählen will, dreh dich um und lass ihn damit allein. Alles, was er will, ist sich großzutun vor dir. Wird Wissen geheim gehalten, wird es immer missbraucht zu üblen Dingen!«, grollte Oyano, zog heftig an seiner Pfeife und schwieg.
»Wie kann man nur Pfeife rauchen?«, brach der Junge schließlich das Schweigen.
»O ja, das ist nicht einfach«, antwortete Oyano, ohne die Augen zu öffnen. »Wichtig ist die richtige Glut und die braucht den rechten Atem …«
»Das habe ich nicht gemeint«, unterbrach Aaran den Märchenerzähler. »Der Tabak stinkt!«

»Das kommt wohl darauf an, an welchem Ende der Pfeife man sitzt«, gab Oyano zurück, und darauf paffte er schweigend weiter. Und alte Märchenerzähler können schweigen wie moosbewachsene Steine, denn auch das Schweigen erzählt ihnen Geschichten.

Fast unmerklich schlängelte sich die *Große Schlange*, von *Pfeil und Bogen* verfolgt, über den nächtlichen Himmel. Blind war die *Große Schlange* auf einem Auge inzwischen, und wenn den alten Märchenerzähler nicht alles täuschte, begann sich der *Pfeil* auf der Sehne des *Bogens* zu lockern.

Schließlich brach Aaran das Schweigen: »Dies alles hat sich der Kanzler ausgeheckt. Er wird alle Ratschläge ablehnen und kein Mittel gelten lassen, um endlich selbst den Thron zu besteigen.«

Noch immer schwieg der alte Märchenerzähler.

»Das Schwert meines Vaters wollte ich nicht zu meinem machen. Aber was wird sein, wenn es der Kanzler nimmt?« Aaran versank in nachdenklichem Grübeln. Schließlich richtete er sich auf und sagte: »Ich werde gehen, um im Kreis des Lebens Rat zu finden.«

Der alte Märchenerzähler nickte stumme Zustimmung.

»Was brauche ich, um Rat zu bekommen im Kreis des Lebens?«, wollte der Junge wissen.

»Was du brauchst, findest du in dir«, gab Oyano zurück und nahm den Jungen in den Arm. »Geh, sprich mit den Elementen und bitte sie um Rat. Aber achte auf den Mond. Du musst auf dem Königsplatz sein, wenn er sich rundet. Verliere dich nicht.«

Bis lange in die Nacht erzählte der alte Märchenerzähler dem Jungen von Sternen und dunklen Mächten, von Hexen und Feuer speienden Drachen, von Gnomen und Trollen, von Elfen und Alben und heiligen Hainen und Plätzen.

Als der neue Morgen graute, ging Aaran, der davongelaufene Prinz, hin zum Kreis des Lebens.

Drei Tage und drei Nächte lief er, bis er zur äußersten Klippe des Reiches gelangte. Dort waren die ersten Menschen gestrandet und ans Land gestiegen, hatten den Kreis des Lebens errichtet und das Reich gegründet.

Vier aufgerichtete Felsen, in jeden war das Zeichen eines Elements eingeschlagen, begrenzten den Kreis, in dem eine uralte Buche wurzelte. Der alte Feuerplatz war sauber gewaschen vom Regen und leer gefegt vom Wind. Hier hatte schon lange niemand mehr ein Feuer entzündet. Aaran zögerte nur kurz, dann trat er hinein.

Vom Meer her sang der Wind um die Steine wie in den Saiten einer Harfe. Die Äste der alten Buche beugten sich. Der Prinz sammelte trockenes Holz und entzündete ein kleines Feuer, das schon bald wohlig wärmte. Dann sprach er, wie er es von dem alten Märchenerzähler gehört hatte:

»Sprich zu mir Element
Wasser, das die Wahrheit kennt,
weise mir mit deinem Rat,
den Weg zur rechten Tat.«

Aus den Augenwinkeln sah sich der Prinz um. Doch da war nichts, was sich geändert hatte. Die Wellen des Meeres schäumten an die Klippe wie zuvor, die Sonne war einen Schritt weitergegangen auf ihrem Weg hin zum westlichen Horizont. Sonst war nichts geschehen.

Enttäuscht richtete er sich auf und sprach mit der Luft. Der Abendwind kümmerte sich einen Deut um seinen Spruch. Sein Wispern in den Buchenblättern hörte Aaran wohl, doch einen Sinn konnte er darin nicht entdecken.

Genauso wenig Glück hatte der Prinz beim Versuch einen Erdgeist herbeizulocken.

Schnell schichtete er mehr Holz auf das Feuer. Dann setzte er sich so dicht, dass er es gerade noch aushalten konnte, an die aufprasselnden Flammen.

»Sprich zu mir Element
Feuer, das die Wahrheit kennt,
weise mir mit deinem Rat,
den Weg zur rechten Tat.«

Aber außer dass Funken ihm Löcher in den Umhang brannten und die Haare ansengten, geschah nichts, was dem Prinzen weitergeholfen hätte.

Er lehnte sich an den Stamm der alte Buche. Hatte er nicht alles so gemacht, wie er es gehört hatte von dem alten Märchenerzähler? Warum bekam er keinen Rat?

Niedergeschlagen sah er in den Nachthimmel. Die Sichel des wiederkehrenden Mondes war dünner als die Klinge eines Sarazenenschwertes. Der *Wanderer* stieg empor, und am östlichen Horizont versank *Pfeil und Bogen*.

Erschöpft schlief Aaran ein.

Als er am Morgen erwachte, war er bedeckt von Buchenblättern, die in der Nacht auf ihn gefallen waren.

Achtlos wollte er sie in die Glut des niedergebrannten Feuers werfen, um es neu zu entfachen. Doch als er die Blätter in der Hand hielt, entdeckte er Buchstaben und Worte auf ihrer Rückseite. Den ganzen Tag verbrachte Aaran damit, die Buchenblätter zu ordnen und einen Sinn in dem Geschriebenen zu finden.

Im Schein des Feuers las er dann von den ersten Siedlern, die an dieser Stelle vom Meer ans Land gekommen waren. Er erfuhr, dass sie den Kreis des Lebens errichteten, um Rat von den Elementen zu bekommen, und wie sie Nestras gegründet hatten. Ihm wurde berichtet von den Taten seiner Vorfahren, bis hin zur Geschichte des jetzigen Königs. Und auf den letzten Blättern las er aufgeregt von seiner eigenen Geburt und seiner Reise hin zum Kreis des Lebens.

»Finde das Auge aus Licht im Feuer und pflanze es auf dem Platz vor dem Schloss. Ein Baum wird wachsen über Nacht. Lichtaugen werden seine Früchte sein. Darin sind die Kräfte der Erde und der Luft, des Feuers und des Wassers im Gleichgewicht. Wer ein Lichtauge bei sich trägt, wird selbst ins Gleichgewicht gebracht. Das wird die Unfruchtbarkeit besiegen«, las Aaran auf dem letzten Blatt.

Sorgfältig verwahrte er die Blätter der Buche in seiner Tasche und wollte sich dann daranmachen, die Glut des Feuers auseinander zu ziehen, um nach dem Auge aus Licht darin zu suchen. Doch die Glut war viel zu heiß. Müde lehnte sich Aaran gegen den moosgepolsterten Stamm und starrte in die Glut, bis ihm die Augen brannten. Ein Auge aus Licht allerdings hatte er darin nicht entdecken können.

Als er müde die Augen schloss war ihm, als hätte sich am Nachthimmel der *Pfeil* vom *Bogen* gelöst und würde geradewegs auf ihn zufliegen. Dann fiel er in einen tiefen Schlaf.

Aaran erwachte, noch bevor der Mond unter den Horizont gefallen war. Groß und fast vollständig

rund glänzte er am Himmel zwischen scheidender Nacht und erwachendem Tag. Vergangene Nacht war doch noch die schmale Sichel des zunehmenden Mondes am Nachthimmel gestanden.
Was war geschehen, wie viel Zeit war verstrichen?
Erschrocken richtete der Prinz sich auf. In der Mitte der Feuerstelle steckte ein glänzender Pfeil. Aaran sah zum Himmel. Aber *Pfeil und Bogen* waren schon längst der Dämmerung gewichen. Achtsam sah er sich um. Doch hier war niemand, außer ihm selbst.
Die Glut des Feuers war noch warm. Vorsichtig zog Aaran den Pfeil aus der Feuerstelle. Seine Spitze steckte in einem moosgrünen Edelstein.
Als der Prinz ihn vom Pfeil zog, stieg die wiedergeborene Sonne am fernen Horizont aus unbekannten Meeren.
Aaran nahm den Stein und lief, so schnell er konnte, hin nach Nestras. Denn der volle Mond würde am Himmel stehen, schon in dieser Nacht.

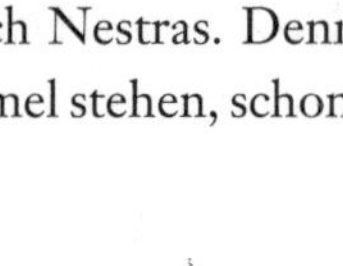

In der Vollmondnacht war der Königsplatz von vielen Fackeln hell erleuchtet und die Menschen drängten sich dicht an dicht. Jeder, der gehen konnte in Nestras, hatte sich aufgemacht, um zu sehen, ob vielleicht doch einer ein Mittel gegen die Kinderlosigkeit und eine Erklärung für das Verschwinden der Sterne gefunden hätte.

Eine erwartungsvolle Stille breitete sich aus, als der Zeremonienmeister des Hofes mit seinem langen Stock den alten König ankündigte, der auf einer Bahre hereingetragen wurde. Es stand wirklich nicht gut um ihn, und des Kanzlers besorgtes Gesicht gab allerlei Anlass zu vielfältigem Gerede.

Auf einer eilig zusammengezimmerten, hölzernen Tribüne hatte sich ein buntes Völkchen versammelt. Der alte König gab das Zeichen zum Beginn und der erste Bewerber trat vor.

»Wir brauchen mehr Nahrungsmittel und bessere Nahrungsmittel. Wenn wir mehr Wälder verbrennen, bekommen wir bessere und fruchtbarere Äcker. Dann werden auch wieder Kinder geboren werden.«

Der alte König schüttelte müde mit der Hand. »Den Rat bekam ich schon vor Jahren und nichts hat sich geändert.«

»Diese Stadt ist auf schlechtem Grund gebaut«, beschwor der Nächste den alten König. »Wir müssen sie abreißen und anderswo neu errichten. Dann wird unser Leben wieder fruchtbar werden!«

»Auch das haben wir bereits vor langer Zeit über-

prüfen lassen«, sagte der Kanzler gelangweilt. Wie immer stand er zur Rechten des Königs.
»Wir müssen uns Flügel bauen und zum Mond fliegen. Er ist zuständig für die Fruchtbarkeit«, erklärte der Dritte. »Dort finden wir den wahren Grund für unser Leiden.«
»Nein! Nein!«, unterbrach ihn ein anderer. »Die Sonne ist es! Die Sonne! Verhängt die Fenster und geht nur noch bei Nacht aus dem Haus und euren Geschäften nach.«
»Hört auf Fleisch zu essen!«
»... Wein zu trinken!«
»... Milch zu verschütten!«
»... mit dem linken Fuß aufzustehen!«
»Schützt die Stechmücken!«
Es ging drunter und drüber. Und kreuz und quer. Die Versammelten hatten begonnen, lautstark demjenigen zuzustimmen, der ihnen, aus welchem Grund auch immer, Recht zu haben schien. Doch des Kanzlers markerschütternde Stimme sorgte für Stille auf dem Königsplatz: »Kein Rat scheint mir besser, als das, was ich schon die letzten Jahre vernommen habe, und …«
»Ich möchte meine Stimme noch erheben«, wurde der Kanzler unterbrochen. Dem Zeremonienmeister blieb der Mund offen stehen vor solcherlei ungebührlicher Tat, und auch dem Kanzler fehlten die Worte.
Der alte König war schon lange eingeschlafen.

Ein junger Mann drängte sich atemlos durch die Menge nach vorne. Sein Umhang war löchrig und rußgeschwärzt. Die Haare waren angesengt und sicherlich schon lange nicht mehr gewaschen oder gekämmt worden. Niemand erkannte in dem jungen Mann den davongelaufenen Prinzen.

»Mir wurde gesagt, dass in diesem Stein das Mittel gegen die Kinderlosigkeit verborgen ist«, rief Aaran und hielt das Lichtauge in die Höhe.

»In einem Stein?!« Der Zeremonienmeister war sehr verärgert über den ungehörigen Auftritt dieses Rüpels und donnerte seinen Stab auf den Boden, dass es nur so dröhnte. Das schreckte den alten König aus seinem Schlaf. In seinen alterstrüben Augen blitzte ein kleiner Funke, als er den jungen Mann sah.

»Rede weiter«, gebot er.

»Im Kreis des Lebens fand ich diesen Edelstein«, berichtete Aaran. »Ich bekam den Rat, ihn einzupflanzen auf dem Königsplatz. Schon am folgenden Tag würde er Früchte tragen, Steine wie diesen, Lichtaugen genannt. Wer ihn über dem Herzen trägt, wird den Grund der Kinderlosigkeit erkennen.«

»Fauler Zauber«, höhnten einige auf der Tribüne. Doch der alte König beachtete sie nicht. »Tu, was dir geraten. Wir haben Zeit bis morgen. Um die Mittagszeit will ich dich wieder hier sehen«, befahl er mit harscher Stimme.

Grimmig blickte der Kanzler, als der Prinz sein Lichtauge auf dem Königsplatz pflanzte und die Stelle begoss mit frischem Wasser aus dem königlichen Brunnen.

Schon früh am Morgen hatte sich in Nestras herumgesprochen, dass ein Baum wuchs aus dem Stein des jungen Mannes. So schnell, dass man dabei zuschauen konnte. Wundersame Früchte aus Edelsteinen würde er tragen. Jeder, der danach verlange, bekäme solch ein Lichtauge.

Als der alte König am Mittag herbeigetragen wurde und das Wunder sah, sagte er: »Gib mir eine Frucht des Baumes.«

Aaran ging zu dem Baum und pflückte ein Lichtauge. Er reichte es dem alten König, und dieser befühlte es ausführlich und betrachtete es genau. Als er es dann emporhob und hindurchschaute, erkannte er in dem jungen Mann, der da vor ihm stand, seinen Sohn Aaran.

Tränen der Freude rannen über die Wangen des

alten Königs. »Nun kann ich beruhigt die Augen schließen«, sagte er. »Du bist zurückgekommen und hast Rat erhalten im Kreis des Lebens. Auch ich war dort, vor langer Zeit.«

Alle Menschen aber, die ein Lichtauge bei sich trugen, sahen die Welt schon nach kurzer Zeit mit anderen Augen. Die Kraft der Elemente in dem Edelstein ließ die Menschen erkennen, wie sehr sie die Welt aus dem Großen Gleichgewicht gebracht hatten mit ihrem Tun.
Die Feuer brannten kleiner ab jener Zeit und die Flüsse erzählten mit klarer Zunge ihre Geschichte, der Atem der Winde wurde frischer und Mutter Erde kehrte aus ihren tiefsten Tiefen wieder zurück.
Bald schon hieß es, neues Leben sei im Wachsen.

LOGBUCH DER URAMAR

Neumondnacht.
Seit Tagen treibt uns ein warmer Wind nach Süden. Hin zu den Inseln unterm Horizont. Enea, die Hüterin der Träume, begleitet mich auf dieser Fahrt.
Die meisten hatten schon gehört von Aaran und den Lichtaugen, als ich Enea abholte auf der Insel zwischen den Nächten. Aber, die Freude war groß, als ich allen ein wirkliches Lichtauge zeigen konnte.
Seit langem sah ich nicht mehr so viele Sternschnuppen. Sie fallen vom Himmel wie Schnee in einer friedvollen Winternacht.
Am westlichen Horizont ist die Waage *aufgestiegen. Sie hat ihr Gleichgewicht wieder gefunden.*